신혼
여행

VOYAGE DE NOCES
by Patrick Modiano

이 도서의 국립중앙도서관 출판예정도서목록(CIP)은
서지정보유통지원시스템 홈페이지(http://seoji.nl.go.kr)와
국가자료공동목록시스템(http://www.nl.go.kr/kolisnet)에서 이용하실 수 있습니다.
(CIP제어번호: CIP2017024718)

신혼 여행

VOYAGE DE NOCES

Patrick Modiano

파트릭 모디아노 장편소설

김화영 옮김

문학동네

일러두기

1. 주석은 모두 옮긴이주다.
2. 본문 중 고딕체는 원서에서 대문자로 강조한 부분이다.

로베르 갈리마르를 위하여

차례

여름의 날들은 다시 돌아오겠지만 그 화요일 밀라노에서처럼 날씨가 그토록 무덥고 거리들이 그토록 텅 비는 일은 더이상 없을 것이다. 8월 15일 바로 다음날이었다. 가방을 수화물 보관소에 맡기고 역을 나서면서 나는 잠시 망설였다. 그렇게 햇볕이 쨍쨍 내리쬐는 가운데 시내로 걸어갈 수는 없는 일이었다. 오후 다섯시. 파리행 열차를 타려면 네 시간을 기다려야 했다. 쉬었다 갈 장소를 물색해야겠기에 걷다보니 역을 따라서 뻗은 대로 저 너머 수백 미터 지점에 그 웅장한 전면을 보고 점찍어두었던 어느 호텔에까지 발길이 이르렀다.

금빛 대리석 복도들이 햇볕을 막아주고 있어서 바의 서늘한 미광 속에 들어서니 우물 깊숙한 곳에 온 느낌이었다. 오늘, 이

바는 내게 우물을, 이 호텔은 작은 요새를 연상시킨다. 그러나 그날 당장으로선 나는 그저 석류시럽을 탄 오렌지주스를 빨대로 빨아 마시는 정도로 만족했다. 지금은 얼굴이 기억에서 지워지고 생각나지 않는 바맨의 말에 나는 귀를 기울였다. 그는 어떤 다른 손님에게 말을 하고 있었다. 그 사람의 인상착의를 말해보라면 절대로 하지 못할 것 같다. 그에 대해서 단 한 가지 내 기억 속에 남아 있는 것은 말끝마다 "마아" 하며 개가 짖듯이 음울하게 울리는 소리를 끼워넣는 대화 방식이다.

어떤 여자가, 이틀 전, 그러니까 8월 15일 전날 호텔방에서 자살을 했다는 것이었다. 바맨의 설명에 따르면 구급차를 불렀지만 아무 소용이 없었다. 그는 그날 오후에 그 여자를 본 적이 있었다. 그녀가 바에 왔었던 것이다. 혼자였다. 자살 사건이 있고 나서 그, 즉 바맨도 경찰의 조사를 받았다. 그는 경찰에게 별로 많은 정보를 제공할 수 없었다. 갈색 머리의 여자. 호텔 지배인은 어느 정도 안도할 수 있었다. 일 년 중 이 무렵엔 손님이 그다지 많지 않은 덕분에 이 문제가 소리 없이 넘어갔으니 말이다. 그날 아침, 〈코리에레〉지에 단신이 실렸다. 프랑스 여자였다. 그녀는 8월에 무엇하러 밀라노에 왔던 걸까요? 그들은 마치 내가 자기들에게 대답해주기를 바라기나 하는 것처럼 내 쪽을 돌아보았다. 이윽고 바맨이 내게 불어로 말했다.

"8월엔 여길 오면 안 돼요. 밀라노에서는 8월엔 모든 곳이 다 문을 닫는다고요."

저쪽 손님이 그 음울한 "마아" 소리로 맞장구를 쳤다. 그러고는 그들은 양쪽 다 나를 나무라는 것 같은 눈으로 쳐다보았다. 8월에 밀라노에 오다니 불찰, 아니 불찰 정도가 아니라 아주 심각한 잘못이라는 사실을 내가 분명히 느끼도록 해주려는 듯이.

"확인해보면 아실 거예요." 바맨이 말했다. "오늘 밀라노에선 문을 연 상점이 단 한 군데도 없어요."

나는 호텔 앞에 서 있던 노란 택시에 올랐다. 기사는 내가 주저하는 걸 보고 관광객임을 눈치챘는지 나를 돔 광장으로 안내하겠다고 했다.

대로들은 텅 비어 있고 상점은 모두 닫혀 있었다. 나는 잠시 전에 그들이 말하던 그 여자도 호텔로 돌아와 자살하기 전에 노란 택시를 타고 밀라노 시내를 통과했을까 하고 자문해보았다. 그 당장에는, 이 텅 빈 도시의 정경 때문에 그녀가 그런 결정을 내렸을 수도 있다는 생각은 하지 않았던 것 같다. 반대로 만약 내가 오늘 그 8월 16일 밀라노의 인상을 한마디로 표현한다면 이내 머리에 떠오르는 것은 열린 도시라는 말이다. 내가 보기에 이 도시는 스스로에게 중간 휴지시간을 부여하는 것 같았다. 그리고 다시 움직임과 소리들이 되살아나리라 나는 확신할 수 있었다.

돔 광장에는 캡 모자를 쓴 관광객들이 대성당 밑에서 이리저리 돌아다니고 있었고 비토리오 에마누엘레 상점가 입구에 있는 어떤 커다란 서점에는 불이 환하게 켜져 있었다. 내가 유일한 손님이었다. 나는 전등불빛 아래서 책들을 뒤적거렸다. 8월 15일 전날 그 여자는 이 서점에 왔었을까? 나는 서점의 저 안쪽 미술서적 코너의 책상 뒤에 서 있는 남자에게 그걸 물어보고 싶었다. 그러나 나는 그녀가 갈색 머리의 프랑스 여자라는 것 외에는 그녀에 대하여 거의 아무것도 아는 게 없었다.

나는 비토리오 에마누엘레 상점가를 따라 걸어갔다. 밀라노의 생명 있는 모든 것은 살인적인 햇볕을 피해서 그곳으로 도망와 있었다. 아이스크림 장수 주위에 몰려든 아이들, 그 도시를 처음 방문한 일본인, 독일인, 남부 이탈리아인들. 사흘 상간으로 어쩌면 그녀와 나는 이 상점가에서 만났을지도 모른다. 그리고 우리는 둘 다 프랑스 사람이니까 대화를 나누었을지도 모른다.

파리행 기차를 타기 전에 아직도 두 시간을 더 보내야 했다. 나는 또다시 돔 광장 가에 줄지어 기다리고 있는 노란 택시 중 하나에 올라 기사에게 호텔 주소를 말했다. 저녁이 오고 있었다. 오늘, 이 낯선 도시의 대로들, 공원들, 전차들, 그리고 우리를 더욱 소외시키는 더위, 이 모든 것이 내게는 그 여자의 자살과 잘 들어맞는 것 같다. 그러나 그 당시 택시 안에서 나는 그것이 어떤 불길한 우연으로 생긴 일이라는 생각을 하고 있었다.

바맨은 혼자였다. 그는 또다시 내게 석류시럽을 탄 오렌지주스를 내놓았다.

"그래, 눈으로 보셨지요…… 밀라노의 상점들이 닫혀 있다는 걸 말예요……"

나는 그에게 아까 그가 말했던 여자, 그가 존중과 과장이 섞인 투로 "생을 마감했다"고 말했던 그 여자가 호텔에 투숙한 지 오래되었느냐고 물었다.

"아뇨, 아녜요…… 생을 마감하기 사흘 전에 왔어요……"

"어디서 왔는데요?"

"파리에서요. 남부 지방에서 바캉스를 보내고 있는 친구들과 합류할 예정이었어요. 카프리에서요…… 경찰이 그러더군요…… 모든 문제를 다 해결하기 위해서 누군가가 내일 카프리에서 오기로 되어 있어요."

모든 문제를 해결한다. 그 불길한 표현과 카프리가 연상시키는 창공, 바닷가의 동굴들, 여름의 가벼움 사이에 무슨 공통점이 있단 말인가?

"아주 미인이었죠…… 저기에 앉아 있었어요……"

그는 나에게 그 안쪽 어떤 테이블을 가리켜 보였다.

"그분에게도 손님께 낸 것과 같은 음료를 냈더랬어요……"

파리로 가는 기차 시간. 밖은 밤이 되었지만 더위는 한낮과 마찬가지로 숨이 막힐 지경이었다. 나는 웅장한 역사의 정면으로 눈을 던지며 대로를 건너갔다. 수화물 보관소의 거대한 홀에서 나는 내 가방을 찾을 수 있는 보관 티켓이 어디 있는지 몰라서 주머니란 주머니는 다 뒤졌다.

나는 〈코리에레 델라 세라〉 한 부를 샀다. 나는 그 여자에 대한 '단신'을 읽고 싶었다. 그녀는 아마도 파리에서 와서 지금 내가 와 있는 플랫폼에 도착했을 것인데 나는 닷새 상간으로 그 길을 반대로 거슬러가려 하고 있는 것이었다. 친구들이 카프리에서 기다리고 있는데 그 무슨 이상한 생각을 했기에 여기 와서 자살을 했단 말인가…… 그런 행동을 한 데는 아마도 내가 영원히 알지 못할 어떤 동기가 있었을 것이다.

밀라노, 나는 지난주에 다시 그곳으로 돌아갔었지만 공항을 벗어나지 않았다. 십팔 년 전 같지는 않았다. 그렇다, 십팔 년. 나는 손가락으로 햇수를 꼽아보았다. 이번에는 노란 택시를 타고 돔 광장으로 가자고 하여 비토리오 에마누엘레 상점가로 들어서지 않았다. 비가 오고 있었다. 6월의 무거운 비였다. 한 시간이 채 안 되는 동안만 기다리면 나를 다시 파리로 데려다줄 비행기에 오를 수 있을 터였다.

나는 그곳을 경유하는 승객으로 밀라노 공항의 유리벽이 쳐진 큰 홀에 앉아 있었다. 십팔 년 전 그날을 생각했다. 그러자 그 모든 세월 이후 처음으로 바맨의 표현처럼 "생을 마감한" 그 여자가 정말로 내 머릿속을 꽉 채우기 시작했다.

밀라노행 왕복 항공권은 바로 그 전날 주프루아 길에 있는 여행사에서 무턱대고 구입한 것이었다. 집에서는 아내 아네트 때문에 그걸 가방 밑바닥에 숨겨놓았었다. 밀라노. 나는 그 도시를 빈, 아테네 그리고 리스본 이렇게 다른 세 도시 가운데서 무턱대고 택한 것이었다. 목적지는 별로 중요하지 않았다. 유일한 문제는 비행기가 내가 타기로 되어 있던 리우데자네이루행 비행기와 같은 시간에 출발해야 한다는 점이었다.

그들은 나를 배웅하려고 공항까지 나왔었다. 아네트, 베첼, 카바노 말이다. 그들은 탐험을 떠날 때면 내가 자주 목격한 바 있는 그 가짜 유쾌함을 드러냈다. 사실 나는 한 번도 떠나는 것이 좋았던 적이 없었다. 그날은 평소보다 더 그랬다. 우리는 "탐험가"라는 한물간 이름으로 부를 수밖에 없는 그 일을 수행할 나이가 지났다는 것을 그들에게 말해주고 싶었다. 우리는 과연 앞으로도 오랫동안 플레옐 극장이나 갈수록 더 보기 어려워지는 지방 영화관 같은 데서 우리의 필름들을 상영하게 될까? 우리는 아주 젊었을 적 선배들의 모범을 따르고 싶어했다. 그러나 우리들에겐 이미 너무 늦었다. 이젠 탐험해야 할 미지의 땅이 더이상 없었다.

"리우에 도착하는 대로 전화해……" 베첼이 말했다.

늘 해온 판에 박힌 탐험이었다. 내가 촬영하기로 되어 있는 새로운 다큐멘터리도 수많은 다른 것들처럼 '포셋 대령의 발자취를 따라'라는 제목이었다. 그걸 구실삼아 마투 그로수* 변두리에 있는 몇몇 마을들을 촬영하자는 것이었다. 이번에야말로 나는 브라질에 가지 않기로 결심했다. 그러나 그런 속마음을 차마 아네트와 다른 사람들에게 털어놓을 용기가 나지 않았다. 그래봐야 그들은 아무것도 이해하지 못할 것이었다. 그리고 아네트는 카바노와 단둘이 있고 싶어서 내가 떠나기만 기다리고 있었다.

"브라질 친구들에게 안부 전해줘." 카바노가 말했다.

그건 이미 출발하여 대서양 저쪽 리우데자네이루의 소자 호텔에서 나를 기다리고 있는 기술팀을 두고 하는 말이었다. 어디 그 친구들 오래오래 나를 기다리고 있으라지…… 사십팔 시간이 지나고 나면 막연한 불안감이 그들의 마음을 옥죄기 시작할 것이다. 그들이 파리로 전화를 걸 것이다. 아네트가 수화기를 들면 카바노는 보조수화기를 들겠지. 사라졌다, 그래, 난 사라져버린 거야. 포셋 대령처럼 말이다. 하지만 한 가지 차이점이 있어. 나는 탐험 출발 때부터 이미 증발해버렸고, 그게 그들을 더 불안하게 만든다는 점에서. 리우행 비행기의 내 자리가 비어 있었다는 사실을 알아차리게 될 테니까 말이야.

---

* 브라질 서부 아마존 지역에 위치한 주(州)의 하나.

나는 그들에게 나를 탑승구까지 배웅해주지는 않는 편이 좋겠다고 말했다. 그리고 내 생전에 저들을 다시 볼 일은 없겠구나 생각하면서 그 작은 무리를 돌아보았다. 베첼과 카바노는 팔팔한 걸음걸이를 유지하고 있었다. 딱히 뚜렷한 한 가지 직업이라기보다는 어린 시절의 꿈을 버리지 못해 계속 좇는 한 방식이라고 할 수 있는 우리의 직업 때문이었다. 우리는 여전히 오랫동안 늙은 젊은이들로 남아 있을 수 있을까? 그들은 작별의 뜻으로 손을 흔들었다. 아네트는 내 마음을 뭉클하게 했다. 그녀와 나는 똑같은 나이였다. 그녀는 내가 스무 살 때 내 마음을 끌었던 그 약간 시든 덴마크 여자들 중 하나로 변해 있었다. 그 당시 그 여자들은 나보다 연상이었는데 나는 그 여자들의 보호자 같은 포근함이 좋았다.

나는 그들이 홀을 벗어나기를 기다렸다가 밀라노행 탑승구 쪽으로 걸어갔다. 나는 즉시 파리로 몰래 돌아올 수도 있었을 것이다. 그러나 나는 우선 그들과 나 사이에 일정한 거리를 둘 필요가 있다고 느꼈다.

*

그 경유 대합실에서, 나는 잠시 동안, 공항을 벗어나 밀라노

시내를 가로질러 지난날과 같은 코스를 밟아 가보고 싶은 유혹을 느꼈다. 하지만 그건 쓸데없는 일이었다. 그 여자는 우연히 이곳에 와서 죽은 것이었다. 그 여자의 흔적들을 찾아야 할 곳은 파리였다.

돌아오는 여정 동안 나는 태평양 군도로 첫 여행을 떠났던 스물다섯 살 이후 한 번도 느끼지 못했던 어떤 행복감을 억제할 수가 없었다. 그 첫 여행 이후에도 나는 수많은 여행을 했다. 어린 시절 책에서 그 성공담을 읽었던 스탠리, 사보르냥 드 브라자, 그리고 알랭 제르보*의 모범을 따르고 싶었던 것일까? 무엇보다도 도피의 욕구 때문이었다. 나는 그 어느 때보다도 더 치열한 도피의 욕구를 느꼈다. 나를 다시 파리로 싣고 가는 그 비행기 안에서 나는 원래 타야만 했던 리우행 비행기에 올랐을 경우보다도 더 멀리 도피하고 있다는 느낌을 받았다.

*

파리 외곽 순환도로 주변 동네에는 내가 아는 호텔이 많았다. 그리고 나는 정기적으로 호텔을 바꾸기로 마음먹었다. 내가 방

* 저명한 탐험가들의 이름.

을 얻는 첫번째 호텔은 도레 시문에 있는 도드 호텔이었다. 거기라면 내가 아네트와 마주칠 염려는 없었다. 내가 떠난 뒤 아마도 카바노가 그녀를 뒤켄 대로에 있는 자기 아파트로 데리고 갔을 것이다. 어쩌면 그녀는 내가 사라졌다는 사실을 금방 알아차리지 못했을 것이다. 아무도—심지어 베첼도—그녀가 카바노의 정부라는 사실을 몰랐고, 시테 베롱에 있는 우리집에 전화를 걸어봐야 아무도 받는 사람이 없었을 테니까 말이다. 그러다가 며칠간의 그들의 밀월 끝에 그녀가 드디어 시테 베롱에 잠깐 들렀다가 기다리고 있는 전보를—짐작건대—받았을 것이다. "리우팀의 심각한 우려. 18일 항공기 장 미탑승. 소자 호텔로 속히 타전 바람." 그러자 카바노가 불안해진 그녀를 달래주려 시테 베롱으로 왔을 것이다.

한편, 나는 불안감 같은 건 전혀 느끼지 않는다. 그렇긴커녕 마음이 가볍다, 아주 가볍다. 그리고 나는 이 모든 것이 어떤 극적인 양상을 띠는 것은 바라지 않는다. 그러기엔 이제 나는 나이를 너무 많이 먹었다. 내 수중에 현금이 떨어지게 되면 나는 아네트와 협의토록 노력할 생각이다. 시테 베롱으로 전화를 거는 것은 바람직하지 않을 것이다. 옆에 카바노가 있을 테니까. 그렇지만 몰래 아네트와 만날 약속을 정하는 방법을 찾아보면 될 것이다. 그리고 그녀가 비밀을 지킬 것을 약속받겠다. 그후 나를 찾아나서려는 사람들을 막는 것은 그녀의 몫이다. 그녀는 아주 능숙한 여자니까 얼마든지 내 자취를 없앨 것이다. 마치 내가 이 세상에 존재한 적조차 없었던 것처럼 자취를 없애줄 것이다.

*

오늘 도레 시문께는 날씨가 화창하다. 그러나 십팔 년 전 그날 밀라노에서 보낸 하루만큼 날씨가 후덥지근하거나 거리가 텅 빈 것은 아니다. 저쪽, 술트 대로와 분수 광장 건너편에는 관광객 무리가 동물원 입구로 밀려들고 또다른 무리는 옛 식민지 박물관 계단을 올라가고 있다. 우리의 삶에서 어떤 역할을 했던 그 박물관. 카바노와 베첼과 내가 어렸을 적에 찾아가곤 했던 곳이다. 동물원도 마찬가지였다. 그곳에서 우리는 먼 나라들과 영원히 돌아오지 않을 탐험들에 대한 꿈을 꾸었었다.

그런데 이제 나는 출발점으로 되돌아온 것이다. 나도 잠시 후엔 동물원 구경을 하려고 입장권을 살 것이다. 지금부터 몇 주일 후면 어떤 신문에 장 B.의 실종을 알리는 작은 기사가 날 게 분명하다. 아네트는 내가 시킨 대로 따를 것이고, 내가 마지막 브라질 여행중 어디론가 종적을 감추었다고 그들이 믿도록 만들 것이다. 시간이 흐르면 나는 포셋과 모프레에 이어 실종된 탐험가들의 명단에 오를 것이다. 어느 누구도 내가 파리의 시문 근처에 처박혀 있다는 것을, 그리고 그것이 바로 내 여행의 목적이라는 것을 알아차리지 못할 것이다.

그들은 자기들이 쓰는 부고기사에서 한 일생의 과정을 되새길 수 있다고 상상한다. 그러나 그들은 아무것도 모른다. 십팔 년 전 나는 기차의 간이침대에 누워서 〈코리에레 델라 세라〉지에 실린 단신을 읽었다. 나는 큰 충격을 받았다. 그 기사에서 보도하고 있는, 바맨의 표현을 빌리건대 생을 마감한 그 여자, 그녀는 내가 아는 여자였다. 기차는 밀라노 역에 오랫동안 정차하고 있었다. 그리고 나는 얼마나 큰 충격을 받았는지 객차에서 내려서 호텔로 돌아가야 하는 게 아닌가 하는 생각이 들 정도였다. 마치 내가 그녀를 다시 만날 가망이 있기라도 하다는 듯이.

〈코리에레 델라 세라〉의 기사에는 그녀의 나이가 잘못 나와 있었다. 그녀는 마흔다섯 살이었다. 그녀가 여전히 리고와 결혼한 상태인데도 그들은 그녀를 처녀 때의 성으로 지칭하고 있었다. 하지만 그 점 역시, 리고와 나 그리고 호적 담당 계원들 이외에 누가 알겠는가? 그 착오에 대하여 그들을 정말로 나무랄 수 있겠는가? 따지고 보면 그녀를 처녓적 성으로 불러준 것이 더 타당하지 않을까? 그녀가 생애의 첫 이십 년 동안 지녔던 그 성으로 말이다.

바맨은 "모든 문제를 다 해결"하기 위해서 누군가가 오기로 되어 있다고 말했었다. 그게 바로 리고였을까? 기차가 움직이기 시작하는 순간 나는 리고와 대면하고 있는 장면을 상상했었다. 사정상 더이상 육 년 전의 리고와 같은 인물일 수가 없었을 그 어떤 리고와. 그는 나를 알아보았을까? 육 년 전 잉그리드와 그를 길에서 문득 마주쳤던 그때 이래 나는 그들을 다시 보지 못했다.

나는 잉그리드, 그녀를 파리에서 한 번 만난 적이 있다. 리고 없이.

차창 너머로 달빛 속의 고요한 교외 풍경이 천천히 지나갔다. 객실에는 나 혼자였다. 나는 간이침대 머리 위의 야등만 켜두었더랬다. 내가 사흘만 먼저 밀라노에 왔어도 충분히 호텔 로비에서 잉그리드와 마주칠 수 있었을 것이다. 나는 그날 오후 택시가 나를 돔 광장으로 실어가고 있을 때도 똑같은 생각을 했었다. 그러나 그때는 그게 그녀라는 것을 알지 못한 채였다.

우리는 마주쳤을 경우 무슨 말을 했을까? 혹시 그녀가 나를 못 알아보는 체했으면? 그런 체한다? 하지만 그녀에게는 이미 그 모든 것이 너무 멀게만 느껴졌을 것이므로 나라는 걸 알아차리지도 못했을 것이다. 아니면, 나와는 그저 꼭 필요한 예의상의 몇 마디 말만 주고받고 나서 영원히 나를 떠났을 것이다.

*

흔히 '산양들의 바위'라고 부르는 동물원의 큰 바위에 내부 계단을 통해서 올라가는 것은 이제 더이상 할 수 없다. 금방이라도 무너질 것만 같은 그 바위에는 망 같은 것이 씌워져 있다. 콘크리트가 군데군데 금이 가서 골조의 녹슨 철근이 드러나 있다. 그러나 나는 기린들과 코끼리들을 다시 볼 수 있어서 반가웠다. 토요일. 많은 관광객들이 사진을 찍었다. 그리고 아직 바캉스를 떠나지 않은, 혹은 떠날 계획이 없는 가족들이 마치 무슨 여름 피서지를 찾듯이 뱅센 동물원 안으로 들어왔다.

지금 나는 도메닐 호수가 바라보이는 벤치에 앉는다. 좀 있다가 옛 식민지 박물관을 에워싸고 있는 저 건물들 중에서 바로 옆인 도드 호텔로 돌아갈 생각이다. 내 방 창문에서 나는 광장과 분수들을 바라볼 것이다. 잉그리드와 리고와 만났던 그 시절에야 장차 내가 이십여 년 동안 여러 먼 나라들을 두루 여행한 다음 도레 시문 근처의 이곳에 와서 좌초하게 될 것이라고 상상인들 할 수 있었겠는가?

그 여름 밀라노에서 돌아와 나는 잉그리드의 자살에 대하여 좀더 자세하게 알고 싶었다. 파리에서 처음이자 마지막으로 그녀와 단둘이 만났을 때 그녀가 내게 준 번호로 전화를 걸어보았지만 아무도 응답하는 사람이 없었다. 그리고 어찌되었건, 그녀는 내게 이제는 더이상 리고와 함께 살지 않는다고 말했었다. 나는 다른 전화번호를 찾아냈다. 그보다 육 년 앞서 그들 두 사람이 함께 생라파엘역까지 나를 배웅해주었을 때 리고가 급히 적어준 번호였다. 클레베르국 83-85.

어떤 여자 목소리가 "리고 씨를 못 본 지 오래되었다"고 내게 말했다. 제가 그에게 편지를 보내도 될까요? "원하신다면 그러세요. 하지만 장담은 못해요." 그래서 나는 그에게 클레베르국 83-85의 주소를 물었다. 그곳은 스퐁티니 길에 있는 어떤 가구 딸린 아파트 건물이었다. 그에게 편지를 쓴다? 하지만 내 생각에, 조의를 표하는 말은 잉그리드에게나, 또 그, 리고에게나 다 어울리지 않는 것 같았다.

그후로 나는 여행을 시작했다. 그들의 추억은 흐릿해졌다. 나는 그저 그들, 즉 그녀와 리고를 지나가다 마주친 것이 고작이었고 우리의 관계는 피상적이었다. 내가 혼자 파리에 와 있던—체류객으로서, 더 정확히 말해서 이제 막 오세아니아에서 돌아와 며칠 후엔 리우데자네이루로 떠날 예정이었던—어느 여름날 밤, 다시 클레베르국 83-85번으로 전화를 걸어볼까 하는 생각이 일어난 것은 잉그리드가 자살한 지 삼 년 뒤였다. 그때가 기억난다. 나는 전화를 걸기 위하여 특별히 리볼리 길에 있는 어떤 큰 호텔로 들어갔다. 전화교환수에게 번호를 알려주기 전에 나는 리고에게 할말을 준비하면서 홀 안을 이리저리 걸어다녔다. 긴장한 나머지 말이 꽉 막혀버릴까봐 걱정스러웠다. 그러나 이번에는 아무도 받는 사람이 없었다.

그리고 여행, 플레옐 극장이나 기타 여러 곳에의 다큐 필름 상영 등의 일로 여러 해가 흐르는 동안 잉그리드나 리고가 내 머릿속을 특별하게 차지하는 일은 없었다. 내가 마지막으로 리고에게 전화를 걸어보려 했던 때는 오늘과 같은 그런 어떤 여름 저녁이었다. 같은 더위, 이상하고 고독한 느낌이 그렇다. 하지만 지금 내가 맛보는 느낌과 비긴다면 아주 희석된 상태랄까…… 그건 두 항공편 사이에 여행자가 느끼는 공백 시간의 인상 그 이상도 이하도 아니었다. 카바노와 베첼이 며칠 뒤에 나와 합류하여 우리는 셋이서 함께 리우로 떠날 예정이었다. 당시 삶은 아직 운동과 멋진 계획들로 술렁대고 있었다.

*

잠시 전, 호텔로 돌아오다가 나는 옛 식민지 박물관의 건물 전면과 광장의 분수들에 조명이 켜져 있는 것을 보고 놀랐다. 관광버스 두 대가 술트 대로 초입에 멈춰 서 있었다. 7월 14일이 가까워오니 동물원이 밤에도 문을 여는 것일까? 저녁 아홉시에 대체 무엇이 관광객들을 이 거리로 끌어들이는 것일까?

우리가 매년 7월 14일이면 그랬듯이 다음주에도 아네트가 시테 베롱의 우리 널찍한 테라스로 친구들을 모두 불러들일 것인지 궁금했다. 그럴 것이 거의 확실하다는 생각이 들었다. 나의 실종 때문에 그녀는 사람들에 둘러싸이고 싶은 마음이 간절할 테니 말이다. 그리고 늘 해오던 행사를 포기하지 않도록 틀림없이 카바노가 그녀를 부추길 것이다.

나는 술트 대로를 따라 걸었다. 역광에 건물들의 윤곽이 뚜렷하게 드러났다. 가끔 그 건물들 중 하나의 전면에 커다란 햇빛의 반점이 생겼다. 때때로 인도 위에도 반점들이 보였다. 석양의 그늘과 빛의 그런 대조들, 그 더위 그리고 텅 빈 대로들…… 카사블랑카. 그렇다, 나는 카사블랑카의 어느 널찍한 대로를 따라 걷고 있었다. 밤이 내렸다. 열린 창문들을 통해서 텔레비전의 떠들썩한 소리들이 내게로 흘러나왔다. 다시, 파리였다. 나는 어떤 전화 부스로 들어가 전화번호부를 뒤지면서 리고의 이름을 찾아보았다. 리고라는 성이 나열된 난 전체를. 그러나 그의 이름이 생각나지 않았다.

하지만 나는 리고가 외곽 순환도로 부근의 어느 거리에 아직 살고 있다는 확신이 들었다. 죽었거나 실종되었다고 사람들이 상상하는 얼마나 많은 남자들과 여자들이 파리의 변두리에 늘어선 이런 건물 단지들에 살고 있는 것인가…… 나는 이미 도레시문 근처에서 얼굴에 과거의 그림자가 서린 그런 사람들 두셋을 알아보았다. 그들은 의미심장한 얼굴을 하고 있지만 끝까지 입을 다물고 침묵을 지킬 것이다. 세상이 자기들을 잊어버렸건 말건 그들은 전혀 상관하지 않는다.

*

도드 호텔의 내 방에 앉아서 나는 모든 여름들이 다 서로 다를 게 없다는 생각을 했다. 6월의 비, 혹독하게 더운 날들, 아네트와 내가 시테 베롱의 테라스로 우리 친구들을 초대하곤 했던 7월 14일의 저녁들…… 그러나 내가 잉그리드와 리고를 만났던 그 여름은 정말 종류가 다른 것이었다. 대기 속에는 아직도 경쾌한 그 무엇이 있었다.

내 삶의 어떤 순간부터 여름들이 그때까지 내가 경험했던 여름들과 문득 다르게 보이기 시작한 것일까? 딱히 못박아 말하기는 어려울 것 같다. 정확한 경계는 없다. 밀라노에서 잉그리드가 자살한 그 여름일까? 그 여름은 다른 여름들과 다르지 않아 보였었다. 그 햇볕 쨍쨍 내리쬐던 텅 빈 거리들과 노란 택시 안에서의 그 숨막히는 더위를 오늘 와서 다시 상기하자니 7월 이곳 파리에서의 오늘과 똑같은 불안감이 느껴진다.

벌써 오래전부터—그리고 이번에는 평소보다 더 강렬하게—여름은 내 마음속에 공허와 부재의 감각을 불러일으키고 나를 과거로 돌아가게 하는 계절이다. 너무 거친 빛, 거리의 침묵, 지난 저녁 술트 대로의 건물들 전면에 반사되던 그 석양과 그늘의 대조 때문일까? 과거와 현재는 나의 머리에서 어떤 이중인화 현상으로 인하여 서로 뒤섞인다. 불편한 느낌은 아마도 거기서 오는 것 같다. 그 불편한 느낌은 단순히 오늘처럼 고독한 상태에서만이 아니라 시테 베롱 테라스에서의 7월 14일 축제 때마다 경험하게 되는 것이다. 베첼과 카바노가 "이봐, 장, 무슨 걱정거리 있어? 샴페인을 한 잔 마시는 게 좋을 것 같아……"라고 내게 늘 하던 말이 귀에 쟁쟁하다. 혹은 아네트가 내게 착 달라붙으면서 검지로 내 입술을 쓰다듬고 덴마크 억양이 섞인 목소리로 내 귀에 소곤거리는 것이었다. "무슨 생각을 하는 거야, 자기? 그래, 지금도 변함없이 날 사랑해?" 그러면 우리 주위에서 터져나오는 웃음소리, 소곤거리는 대화, 음악 소리가 들려온다.

그해 여름엔 불편함도 없었고 과거가 현재 위에 이상하게 중첩되는 그런 현상도 없었다. 내 나이 스무 살 때였다. 나는 오스트리아 빈에서 기차로 돌아오는 길이었고, 생라파엘역에 내렸다. 오전 아홉시. 나는 생트로페 방면으로 가는 버스를 탈 생각이었다. 윗도리 주머니를 뒤지다가 나는 내게 남아 있던 돈 삼백 프랑을 몽땅 도둑맞았다는 것을 알아차렸다. 그 당장으로선 내 장래에 대한 문제는 신경쓰지 않기로 마음먹었다. 그날 아침 날씨는 화창했고 또 더위는 오늘과 마찬가지로 참기 어려울 지경이었지만 당시에 그런 것은 내게 문제가 되지 않았다.

나는 해안도로 방향으로 가는 차에 편승하기 위하여 생라파엘 시 출구에 자리잡고 섰다. 한 반 시간 정도 기다린 끝에 검은 자동차 한 대가 멈췄다. 내가 받은 강한 첫인상은 여자가 운전을 하고 남자는 뒷좌석에 앉아 있다는 점이었다. 그녀는 차창을 내리고 몸을 기울였다. 선글라스를 끼고 있었다.

"어딜 가시죠?"

"생트로페 쪽으로요."

머리를 끄덕이며 그 여자는 차에 타도 좋다는 표시를 했다.

그들은 단 한마디 말도 하지 않았다. 나는 대화를 틀 수 있도록 적당한 말을 찾고 있었다.

"바캉스 오신 건가요?"

"네, 네……"

여자가 내게 심드렁하게 대답했다. 남자는 뒷좌석에 앉아서 미슐랭 지도보다 훨씬 큰 지도를 들여다보고 있었다. 백미러에 비친 그의 모습이 잘 보였다.

"곧 이상브르에 도착하네……"

여자는 길가의 표지판들을 바라보았다. 이윽고 그녀가 내 쪽으로 고개를 돌렸다.

"이상브르에 잠시 멈춰도 괜찮겠죠?"

그녀는 마치 우리가 오래전부터 아는 사이인 것처럼 자연스러운 어조로 내게 말했다.

"잠시 멈췄다가 다음에는 내처 생트로페까지 갑니다." 남자가 미소를 지으며 내게 말했다.

그는 지도를 접어서 뒷좌석 자기 옆자리에 놓아두었다. 내 눈에 그들은 둘 다 서른다섯 살쯤 되어 보였다. 여자는 갈색 머리에 눈이 맑았다. 남자는 머리를 짧게 깎아서 뒤로 넘겼고 투박한 얼굴에 코는 약간 납작했다. 그는 스웨이드 재킷을 입고 있었다.

"여기인가보다…… 그치가 우릴 기다리고 있네……"

남자가 여자 쪽으로 몸을 숙이고 여자의 어깨를 짚었다. 여름 옷차림을 한 어떤 남자가 무거운 검은 서류가방을 들고 어느 단독주택의 철책 앞에서 이리저리 왔다갔다하고 있었다. 여자가 철책에서 몇 미터 떨어진 인도 위에 차를 세웠다.

"잠깐이면 돼요. 차 안에서 기다릴 수 있겠지요?" 그녀가 내게 말했다.

남자가 먼저 차에서 내리더니 여자 쪽으로 다가와서 앞문을 열어주었다. 여자가 밖으로 나서자 그가 손수 문을 다시 닫았다. 그러고 나서 그는 내려놓은 차창 안쪽으로 얼굴을 들이밀었다.

"심심하면 담배를 피워도 돼요…… 글러브박스에 담배가 있어요……"

두 사람은 모두 서류가방을 들고 있는 남자 쪽으로 걸어갔다. 남자는 한쪽 다리를 약간 저는 듯 보였지만 아주 똑바른 자세를 취했고 팔로는 보호자 같은 몸짓으로 여자의 어깨를 감쌌다. 그들은 서류가방을 든 남자와 악수를 했고 그 남자는 철책을 열어서 두 사람을 먼저 안으로 들여보냈다.

*

글러브박스에서 담배를 찾는 중에 여권 하나가 툭 떨어졌다. 나는 제자리에 다시 넣어두기 전에 그 여권을 열어보았다. 그런 행동이 무의식적이었는지 아니면 단순한 호기심이 발동해서인지 딱히 말하긴 어렵다. 리고의 처 잉그리드 테르센의 이름으로 된 프랑스 여권이었다. 놀라운 것은 내가 몇 달 동안 살았던 도시인 오스트리아의 빈에서 그녀가 태어났다는 점이었다. 나는 담배에 불을 붙였다. 그러나 첫 모금에 벌써 가슴이 쓰렸다. 지난밤 기차에서 한숨도 자지 못했고 전날 점심식사 후엔 먹지도 못했던 것이다.

나는 차에서 벗어나지 않았다. 피로를 이겨내려고 애를 썼지만 가끔씩 선잠에 빠져들었다. 뭐라고 수근대며 말을 주고받는 소리가 들려서 눈을 떴다. 그들 두 사람이 서류가방을 든 남자와 함께 자동차 옆에 와 있었다. 그들이 서로 악수를 했고 저쪽 사람은 성큼성큼 대로를 건너갔다.

나는 차문을 열고 밖으로 나갔다.

"앞좌석에 앉으시지 않겠어요?" 내가 남자에게 말했다.

"아니…… 아닙니다…… 나는 한쪽 다리 때문에 뒷좌석에 앉을 수밖에 없어서요…… 아직은 다리를 완전히 접을 수가 없어요…… 오래전에 다친 무릎 때문에……"

마치 그가 나를 안심시키려는 것 같은 말투였다. 그가 나에게 미소를 지어 보였다. 여권에 기재된 리고가 그였을까?

"차에 타시죠." 여자가 눈썹을 찡긋하며 호감 어린 표정으로 내게 말했다.

그녀가 글러브박스를 열고 담배를 한 개비 집어들었다. 그리고 약간 거칠게 차를 출발시켰다. 남자는 뒷좌석에 비스듬히 앉아 한쪽 다리를 좌석 위에 펴서 올려놓은 채였다.

*

그녀는 천천히 차를 몰았다. 나는 눈을 뜨고 있기가 힘겨웠다.

"바캉스중인가요?" 그녀가 내게 물었다.

나는 그녀 쪽에서 더 자세한 내용의 다른 질문들을 하면 어쩌나 하고 걱정이 되었다. 살고 있는 곳 주소가 어떻게 되죠? 학생인가요? 같은 질문들을.

"딱히 바캉스라긴 좀 그렇고요. 여기에 계속 머물지는 잘 모르겠어요." 내가 대답했다.

"우린 팡플론 해수욕장에서 멀지 않은 작은 집에 살아요." 그녀가 말했다. "하지만 다른 집을 구하는 중이에요…… 당신이 우리를 기다리는 동안 우린 단독주택 한 곳을 구경했는데…… 유감이네요…… 너무 큰 집이어서……"

우리 등뒤의 남자는 아무 말이 없었다. 그는 한 손으로 무릎을 주무르고 있었다.

"난, 내 맘에 드는 건 이름이었어. 레 이상브르…… 예쁜 이름이죠, 안 그래요?"

그러면서 그 여자는 선글라스 너머로 나를 건너다보았다.

*

생트로페 입구에서 우리는 우회전하여 해변 길로 들어섰다.

"여기만 오면 늘 길이 헛갈린다니까." 그녀가 말했다.

"직진해."

남자는 가벼운 파리 억양이 섞인 나직한 목소리로 말했다. 그러자 나는 그들이 파리에 사느냐고 물어보고 싶어졌다.

"그래요, 하지만 우린 아마도 여기서 아주 자리잡고 살 것 같아요." 그녀가 말했다.

"당신은요? 당신도 파리에 살고 있나요?"

나는 남자 쪽을 돌아보았다. 그의 한쪽 다리는 여전히 좌석 위에 비스듬히 놓인 채였다. 나는 그가 조소하는 시선으로 훑어본다는 느낌을 받았다.

"네, 파리에 살아요."

"부모님 집에요?"

"아뇨."

"뭘 그렇게 꼬치꼬치 물어. 우리가 경찰인가 뭐." 여자가 말했다.

저멀리 바다가 나타났다. 길보다 약간 아래쪽, 포도밭과 소나무들로 덮인 영역 저 너머로.

"또 너무 멀리 와버렸네. 좌회전했어야 하는 건데." 남자가 말했다.

그녀는 유턴을 했다. 그 바람에 반대편에서 오는 자동차를 간신히 피했다.

"겁나지 않으세요?" 남자가 물었다. "잉그리드는 운전이 아주 서툴러요. 며칠 있다 이제 내 다리가 좀 나아지면 내가 다시 운전대를 잡을 수 있을 거예요."

우리는 어떤 좁은 길로 들어섰다. 그 길의 초입에 표지판이 하나 서 있었다. 타히티-모오레아.

"운전면허증 있어요?" 그녀가 나에게 물었다.

"네."

"그럼 내 대신 운전 좀 해줘요. 그편이 더 안전하겠어요."

그녀가 어떤 교차로에서 차를 세웠고 나는 운전석으로 옮겨 앉으려고 했다. 그러자 그녀가 말했다.

"아니, 아녜요…… 지금 당장 말고요…… 나중에……"

"좌회전이야." 남자가 그녀에게 말했다.

그리고 그가 그녀에게 또다른 표지판을 가리켰다. 타히티-모오레아.

*

이제 도로는 가장자리에 갈대가 자라는 시골길에 지나지 않았다. 우리는 감색 문이 나 있는 어떤 성벽을 따라갔다. 그녀는 그 문 앞에 차를 세웠다.

"해변 쪽으로 들어가는 게 낫겠어." 그가 말했다.

계속해서 갈대가 자라는 길을 따라가자 식당 모오레아의 주차장으로 사용하는 공터가 나타났다. 자동차를 주차한 다음 우리는 식당의 텅 빈 테라스를 통과했다. 그 끝은 해변 모래사장이었다.

"좀더 가야 돼. 걸어갈 수 있어……" 그가 말했다.

그녀는 에스파드류를 벗고 남자의 팔을 잡았다. 그는 한쪽 다리를 절었지만 아까보다는 덜했다.

"아직은 해변에 사람이 아무도 없네요. 이때가 나는 더 좋아요." 그녀가 내게 말했다.

소유지는 구멍 뚫린 철책으로 해변의 모래사장과 분리되어 있었다. 우리는 그 구멍들 중 하나를 통해서 들어갔다. 약 오십 미터 떨어진 곳에 내 눈에는 미국 고속도로변에 있는 모텔을 연상시키는 방갈로가 한 채 서 있었다. 작은 솔밭 그늘에 묻힌 집이었다.

"본채는 저쪽에 있어요." 그가 내게 말했다.

저 안쪽, 소나무들 저편으로 청색 타일 모자이크 수영장을 에워싼 이슬람 혹은 스페인 양식의 하얀 단층 건물의 커다란 형체를 알아볼 수 있었다. 누군가 그 수영장에서 수영을 하고 있었다.

"집주인들은 저쪽에 살아요." 그가 말했다. "우리는 주인한테 정원사 집을 빌렸어요."

*

그녀가 하늘색 수영복을 입고 방갈로에서 나왔다. 그때까지 남자와 나는 유리 미닫이 문 앞에 놓인 덱체어에 앉아서 그녀를 기다리고 있었다.

"피곤해 보이네요." 그가 말했다 "여기서 쉬고 있어요. 우리는 해변으로 갈 거예요…… 바로 요 앞에……"

여자가 선글라스 너머로 말없이 나를 바라보았다. 그리고 나에게 말했다.

"낮잠이나 좀 자도록 해요."

그러고는 나에게 방갈로 쪽 소나무들 아래 놓인 커다란 튜브식 매트리스를 가리켜 보였다.

*

나는 매트리스에 누워서 하늘과 소나무 우듬지들 쪽으로 눈을 박고 가만히 쳐다보았다. 저 안쪽 수영장에서 떠들썩한 목소리들과 물에 뛰어드는 소리가 들려왔다. 저 위쪽 나뭇가지들 사이에는 그늘과 햇빛이 교차하며 아른거렸다. 나는 아주 감미로운 무기력 상태에 몸을 맡겼다. 지금 와서 기억을 되살려보니 그때야말로 내 생애에서 편안하다는, 심지어 행복이라고 불러도 좋을 어떤 감각을 맛본 드문 한순간이었던 것 같다. 소나무 그늘 사이로 스며들어와 눈부시게 하는 햇빛에 가끔씩 방해받기도 하는 그 반수 상태에 빠져 있자니 우리가 마치 오래전부터 아는 사이라도 되는 듯 그들이 나를 자기들 집으로 데리고 와준 것이 아주 자연스럽게 느껴졌다. 어찌되었건 나로서는 달리 선택할 길이 없었다. 일이 어떻게 되어갈지 두고 볼 일이었다. 나는 마침내 잠이 들었다.

*

그들이 내 옆에서 말을 하는 소리가 들렸지만 눈을 뜰 수가 없었다. 눈꺼풀 사이로 오렌지색 빛이 스며들었다. 내 어깨 위에 내려놓이는 어떤 손길이 느껴졌다.

"어디, 잘 잤어요?"

나는 벌떡 일어났다. 남자는 면바지에 검은색 폴로셔츠를 받쳐 입고 선글라스를 끼고 있었다. 그리고 여자는 수영 가운을 걸쳤다. 그녀의 머리가 젖어 있었다. 아마도 금방 수영을 하고 난 참인 것 같았다.

"거의 세시가 다 되었어요. 우리랑 같이 점심식사를 할 거죠?" 남자가 말했다.

"폐를 끼치고 싶지 않은데요."

나는 아직 잠에서 덜 깬 상태였다.

"우리에게 폐 될 건 전혀 없어요…… 안 그래, 잉그리드?"

"전혀."

그녀가 미소를 지으며 옅은 푸른색이랄까 아니면 회색이랄까 싶은 눈으로 나를 빤히 쳐다보았다.

우리는 바닷가 모래사장을 따라 모오레아 식당의 테라스까지 걸어갔다. 테이블은 대부분 비어 있었다. 우리는 녹색 천으로 된 파라솔이 햇빛을 막아주는 테이블에 앉았다. 지난날 스키 강사였을 법한 체격의 남자가 주문을 받으러 왔다.

"평소에 먹던 걸로요." 여자가 말했다. "삼인분요."

*

햇빛이 해변과 바다와 모오레아의 테라스를 넓게 드리워진 침묵으로 감싸고 있었다. 그 침묵의 배경 속에서는 조그만 소리만 나도 또렷하게 감지되었다. 우리 테이블에서 멀찍이 떨어진 어떤 테이블에 수영복 차림으로 앉아 있는 한 무리 사람들의 목소리는 마치 그들이 우리 바로 옆에 있는 것처럼 그 대화 내용을 따라갈 수 있을 정도였다. 잔잔한 바다 위로 부르릉대며 미끄러져가다가 때때로 모터를 끄고 물결 위로 떠가는 소형 모터보트. 그럴 때면 그 보트에 탄 사람들의 웃음소리와 떠들썩한 목소리가 들렸다.

"혹시 제 생각이 맞다면, 그러니까 당신은 이곳에 딱히 갈 곳이 있는 건 아니군요." 남자가 말했다.

"네."

"발길 가는 대로 가는 중이었네요……"

그의 말 속에 비웃는 기색은 조금도 없었다. 오히려 나에 대한 호감 같은 것이 느껴졌다.

"하지만 유감스럽게도 할 일이 있어서 최대한 빨리 파리로 돌아가야 해요."

"무슨 종류의 일이죠?"

이번에는 여자 쪽에서 흐린 빛의 눈으로 여전히 나를 빤히 쳐다보면서 물었다.

"지리학 잡지에 실릴 글을 써요……"

내 말은 반쯤만 거짓이었다. 나는 기자인 동시에 탐험가인 헨리 R. 스탠리에 대한 긴 글을 한 편 써서 어떤 여행 잡지에 보냈지만 그 글을 실어줄 것인지는 알 수 없는 상태였다.

"그럼 당신은 그 여행에서 돌아오는 길이군요?" 남자가 내게 물었다.

"네. 오스트리아 빈에서요."

나는 빈 쪽으로 화제를 돌리고 싶었다. 여자는 거기서 태어났으니까 그 도시를 잘 알고 있을 터였다. 그러나 뜻밖에도 그녀는 아무런 반응이 없었다……

"아주 아름다운 도시죠, 빈 말예요……"

내가 애써 강조했지만 허사였다. 빈은 그녀에게 생각나게 하는 것이 전혀 없었다.

"그럼 당신은 파리에서 일하세요?"

"난 은퇴했어요." 남자가 미소를 지으면서, 그러나 더이상의 질문을 할 수 없게 만드는 쌀쌀한 어조로 내게 말했다.

"난 수영을 해야겠어요. 여기서 기다리겠어요?"

여자가 자리에서 일어나 흰 가운을 벗었다. 나는 아지랑이 속에서 그녀를 눈으로 따라갔다. 그녀는 모래사장을 건너질러 바닷속으로 들어가더니 물이 허리쯤에 오자 그대로 물 위에 누워 가만히 떠 있었다.

*

우리는 방갈로의 소나무 그늘에서 다시 모였다. 함께 카드놀이를 했다. 그들이 내게 규칙을 가르쳐주었고, 규칙은 아주 간단했다. 내가 카드놀이를 해본 것은 그것이 생전 처음 딱 한 번이었다. 그리고 오후가 저물었다.

"장을 좀 봐와야겠어요." 여자가 말했다.

남자가 나를 돌아보며 말했다.

"같이 좀 가주겠어요? 그편이 더 안전하겠는데…… 운전면허증 없이 운전을 하니…… 아까는 당신에게 말하지 않았지만…… 생라파엘의 길에서 우리가 적발당할까봐 당신이 겁낼 것 같아서요……"

그가 잠깐 웃어 보였다.

"난 아무것도 겁나지 않아요." 내가 그에게 말했다.

"맞아요…… 당신 나이 땐 우리도 그랬어요……"

"하지만 지금도 여전히 겁나는 건 아무것도 없어요." 여자가 집게손가락을 쳐들며 말했다.

*

나는 언제나 내 윗도리 안주머니에 여권과 운전면허증을 넣어 가지고 다녔다. 나는 운전석에 앉았다. 시동을 걸고 모오레아의 주차장에서 나가는 일이 만만치 않았다. 자동차 운전을 해본 것이 오랜만이었던 것이다.

"당신은 나보다도 운전이 더 서툰 것 같네요." 그녀가 말했다.

그녀가 나에게 길을 가리켜 보였다. 가장자리에 갈대가 자라는 다시 그 좁은 길. 그 길은 어찌나 좁은지 반대편에서 차가 오면 매번 내가 길가 쪽으로 비켜줘야 했다.

"내가 대신 운전할까요?" 그녀가 말했다.

"아뇨, 아녜요. 아무 문제 없어요."

*

나는 파리 호텔 앞에 차를 세웠다. 건물의 정면과 나무 덧문이 달린 작은 창문들 때문에 산중에 있는 호텔 같은 인상이었다. 우리는 걸어서 항구로 갔다. 여러 무리의 관광객들이 정박중인 요

트들을 감상하면서 부두를 이리저리 돌아다니거나 카페 세네키에의 테라스에 빈자리를 찾으려고 하는 시간이었다. 여자는 약국에서 몇 가지를 샀다. 그리고 혹시 내게도 뭔가 필요한 것이 없는지 물었다. 잠시 주저하다가 나는 엑스트라 블루 질레트 면도날과 면도용 크림이 필요한데 수중에 돈이 없다고 털어놓았다. 그러고 나서 우리는 서점으로 갔고 그녀는 탐정소설 한 권을 샀다. 다음에는 항구의 바 겸 담뱃가게로 갔다. 그녀가 담배 몇 갑을 샀다. 많은 인파를 헤치고 길을 터 나아가는 것이 쉽지 않았다.

그러나 잠시 뒤 구시가의 좁은 골목들에 이르자 걸어다니는 사람은 우리 둘뿐이었다. 그뒤 여러 해 동안 나는 그곳으로 다시 돌아와보았다. 아네트, 베첼, 카바노와 함께 항구를 따라, 그리고 똑같은 그 골목길들을 따라 걸어다녔다. 어쩔 수 없는 일이지만, 나는 그들이 느끼는 무사태평함과 삶의 기쁨을 완전히 함께할 수가 없었다. 내 마음은 다른 곳에, 점점 더 멀어져가는 다른 여름에 가 있었다. 그런데 그 여름의 빛은 시간과 더불어 기이한 변모를 겪었다. 노출과다의 옛날 사진처럼 흐려지는 것이 아니라 어둠과 햇빛의 대조가 너무나도 강해진 나머지 모든 것이 흑백으로 보일 정도였다.

우리는 라 퐁슈 길을 따라가서 궁륭을 통과한 다음 '포르 데 페쇠르'를 굽어보는 광장에 이르러 발걸음을 멈췄다. 그녀가 페

허가 된 어떤 집의 테라스를 가리켰다.

"남편과 나는 아주 오래전에 저 위에서 살았어요…… 당신은 아직 태어나지도 않았을 때……"

그녀는 여전히 그 흐린 빛의 눈길, 나를 주눅들게 하는 그 멍한 표정으로 나를 빤히 쳐다보았다. 그러나 내가 이미 눈여겨본 바 있지만, 그녀가 눈썹을 찡그리는 방식에서 나에 대한 악의 없는 놀림조 같은 것을 읽을 수 있었다.

"조금 더 걷지 않을래요?"

성채의 발아래 있는 경사진 정원에서 우리는 어떤 벤치에 가 앉았다.

"부모님은 계신가요?"

"이제 더이상 만나지 않아요." 내가 대답했다.

"왜요?"

또다시 그 눈썹 찡그림. 뭐라고 대답하면 좋을까? 나를 멀리 쫓아버리려고 항상 무슨 기숙학교나 소년원을 물색했던 이상한 부모.

"오늘 아침 길가에 서 있는 당신을 보면서 부모님이 계신가 하고 생각했어요."

우리는 성채의 골목을 지나 항구 쪽으로 다시 내려갔다. 길이 경사져 있어서 그녀가 내 팔짱을 꼈다. 그녀의 팔과 어깨가 와닿는 것을 느끼면서 나는 지금까지 한 번도 맛보지 못한, 누군가에게 보호받고 있다는 인상을 받았다. 나를 도와줄 수 있는 최초의 사람일 것 같았다. 어떤 가벼움의 감각이 나를 휩쌌다. 내 팔에 와닿는 단순한 촉감과 그녀가 이따금 나를 향하여 던지곤 하는 그 흐릿한 청색 눈길을 통해서 그녀가 나에게 전달하는 그 모든 감미로움의 파동들, 나는 살아가면서 그런 것들이 생겨날 수 있다는 것을 모르고 지내왔었다.

*

우리는 모래사장 쪽으로 해서 방갈로로 다시 돌아왔다. 우리는 덱체어에 앉았다. 밤이 되어 어두웠고 방갈로 안쪽에서 유리문을 통해 나오는 빛이 우리를 밝혀주고 있었다.

"카드놀이 한 판 할까?" 그가 말했다. "하지만 당신은 보드게임은 별로 좋아하지 않는 것 같은데……"

"우린 그 나이에 카드놀이를 했었나 뭐?"

그녀가 그를 증인 삼아 말하자 그가 미소를 지었다.

"우리는 카드놀이 같은 거 할 시간이 없었지."

그는 혼잣말하듯이 더 나직하게 말했다. 나는 당시 그들은 과연 무엇에 마음이 사로잡혀 있는지 자못 궁금해했던 것 같다.

"달리 갈 데가 없다면 그냥 우리집에서 묵어도 돼요." 그녀가 말했다.

그들이 나를 부랑자처럼 여긴다는 생각이 들어 나는 문득 수치심을 느꼈다.

"감사합니다…… 방해가 되지 않는다면 그러고 싶어요……"

그 말을 하기가 힘이 들어 나는 용기를 내기 위하여 손톱이 손바닥을 파고들도록 양손의 주먹을 꽉 쥐었다. 그렇지만 거기다가 더하여 제일 털어놓기 어려운 말이 남아 있었다.

"내일 파리로 돌아가야 할 형편인데요. 불행하게도 수중에 남아 있던 돈을 몽땅 도둑맞았어요."

나는 고개를 푹 숙이기보다 오히려 그녀를 똑바로 쳐다보면서 심판을 기다렸다.

"그래 그것 때문에 고민을 한 거예요?"

"걱정 말아요. 우리가 내일 기차 좌석을 마련해줄 테니." 그가 말했다.

저 위쪽 소나무들 뒤로 빌라와 수영장은 조명을 받아 환했다. 푸른 모자이크 위로 실루엣들이 미끄러지며 어른거렸다.

"저 사람들은 밤마다 파티예요. 그 때문에 잠을 잘 수가 없어요. 그래서 우리가 다른 집을 구하고 있는 거고요." 그가 말했다.

그는 갑자기 걱정스러운 표정이 되었다.

"처음에는 저 사람들이 한사코 우리를 파티에 초대하려고 했어요. 그래서 우리는 방갈로의 불이란 불은 모두 다 꺼버리고 집에 없는 체했어요." 그녀가 말했다.

"우리는 깜깜하게 해놓고 앉아 있었어요. 한번은 저 사람들이 우리를 데리러 왔지요. 우리는 저 옆에 있는 소나무들 밑으로 가서 숨었어요……"

이 사람들은 왜 마치 뭔가를 변명하듯이 내게 속내 이야기나 고백을 하는 것 같은 어조로 말하는 것일까?

"그 사람들과 아는 사인가요?" 내가 물었다.

"네, 그럼요, 좀 아는 사이지요……" 그가 말했다. "하지만 우린 저 사람들을 만나고 싶지 않아요……"

"우린 비사교적이 되어버려서……" 그녀가 말했다.

사람들 목소리가 가까이 들려왔다. 작은 무리의 사람들이 약 오십 미터쯤 되는 곳에서 소나무들이 늘어선 오솔길을 따라 다가오고 있었다.

"불을 꺼도 괜찮겠어요?" 그가 나에게 물었다.

그가 방갈로 안으로 들어갔고 불이 꺼지면서 그녀와 내가 침침한 어둠 속에 잠겼다. 그녀가 내 손목 위에 손을 올려놓았다.

"이제 목소리를 낮춰야 해요." 그녀가 말했다.

그리고 그녀는 내게 미소를 지어 보였다. 우리의 등뒤에서 그가 소리를 내지 않으려고 유리 미닫이문을 천천히 밀어 닫고 나서 덱체어에 돌아와 앉았다. 사람들은 이제 아주 가까운, 방갈로 쪽으로 들어서는 소로의 입구에 와 있었다. 그중 한 사람이 쉰 목소리로 되풀이해 말하는 소리가 들렸다.

"아니, 정말이라니까! 정말이야……"

"저이들이 여기까지 오면 우리는 그냥 잠이 든 것처럼 하면 돼요." 그가 말했다.

나는 어둠 속에서 덱체어에 앉은 채 잠이 든 우리의 모습이 저들의 눈에는 얼마나 기이하게 보일까 하는 생각을 했다.

"그런데 우리를 깨우려고 어깨라도 툭툭 두드리면 어쩌죠?" 내가 물었다.

"그렇게 되면 이번에는 죽은 체하는 거죠 뭐." 그녀가 말했다.

그러나 그들은 방갈로로 이어진 오솔길을 떠나서 해변 쪽으로 가는 소나무 아래 비탈길로 내려갔다. 달빛에 남자 둘과 여자 셋을 알아볼 수 있었다.

"위험한 순간은 지났어요." 그가 말했다. "그래도 어둠 속에 그대로 있는 게 좋겠어요. 해변에 있는 저들에게 불빛이 보일 위험이 있으니까요."

그게 장난인지 아니면 진담으로 하는 말인지 나로서는 잘 알 수가 없었다.

"우리의 태도를 보고 놀랐나요?" 그녀가 부드러운 목소리로 내게 물었다. "사람들과 단 한마디 말도 주고받을 수가 없는 때가 있거든요…… 우리로서는 어쩔 수가 없는 그런……"

해변을 배경으로 그들의 실루엣이 뚜렷하게 드러나 보였다. 그들은 옷을 벗어서 폴리네시아의 토템 모습으로 다듬어놓은 어떤 커다란 나무 그루터기에 내려놓았다. 그 그림자 때문에 우리가 마치 남쪽 바다의 어딘가에 있는 함수호 기슭에 와 있는 것 같았다. 여자들은 완전히 벌거벗은 채로 바다를 향해 뛰어갔다. 남자들이 소리를 질러대면서 여자들을 쫓아가는 체했다. 저 안쪽 빌라에서는 이따금 음악 소리와 웅성대는 대화 소리가 들려왔다.

"새벽 세시까지 계속 저러는 거예요. 춤을 추고 한밤중에 수영을 하고." 그가 싫증난 목소리로 말했다.

우리는 마치 숨어 지내듯 어둠 속에서 오랫동안 아무 말도 하지 않은 채 덱체어에 앉아 있었다.

*

나를 깨운 것은 그녀였다. 눈을 뜨자 나를 빤히 바라보고 있는 그 흐릿한 청색 혹은 회색의 시선이 다시 나타났다. 그녀가 방의 미닫이 유리문을 열었다. 그러자 아침햇빛에 눈이 부셨다. 우리는 셋이 밖에서 아침식사를 했다. 소나무 냄새가 우리 주위에 떠다녔다. 저 아래 해변에는 인적이 없었다. 그들이 한밤중에 수영하던 흔적은 전혀 남아 있지 않았다. 폴리네시아 토템에 잊어버리고 걸어놓은 옷가지 하나 없었다.

"여기서 며칠을 더 있고 싶으면 있어도 돼요. 우리는 괜찮으니까." 그가 말했다.

나는 문득 그에게 그러겠다고 하고 싶은 마음이 들었다. 그녀와 함께 경사진 골목길을 내려갈 때 느꼈던 그런 부드러움, 그런 북받치는 감정이 나를 또 한번 사로잡았다. 그저 하루하루를 살아가는 거야. 더이상 미래에 대한 의문 같은 건 갖지 않는 거야. 어려움을 극복하도록 도와주고 차츰차츰 신뢰감을 심어주는 친절한 사람들과 함께 있으면 되는 거야.

"파리에 돌아가봐야 되어서요…… 제 일 때문에……"

그들은 나를 생라파엘역까지 자동차로 데려다주겠다고 했다. 아니 괜찮아요, 조금도 방해되는 일이 아니에요. 어찌되었건 그들도 이상브르로 집을 보러 다시 가봐야 한다는 것이었다. 이번에는 남자가 운전을 했고 나는 뒷좌석에 앉았다.

"겁먹지 않았으면 해요." 그녀가 나를 돌아보며 말했다. "저이는 우리보다 운전을 더 못해요."

그는 차를 너무 빨리 몰았다. 특히 커브를 돌 때면 몇 번이나 나는 시트를 꽉 움켜잡아야 했다. 그러다가 더듬거리며 손을 내뻗는다는 것이 그만 그녀의 어깨를 짚고 말았는데, 또하나의 커브를 만나 그가 거칠게 브레이크를 밟는 바람에 그녀가 내 손목을 아주 힘주어 꽉 잡았다.

"이이가 우리를 죽이겠어." 그녀가 말했다.

"아니, 아니. 걱정할 것 없어요. 이번엔 아직 아니니까."

생라파엘역에 도착하자 그가 재빨리 매표구로 다가갔고 그녀는 나를 책과 신문들이 진열된 매대 앞에 붙잡아두었다.

"탐정소설 한 권 골라 줄 수 없을까요?" 그녀가 내게 물었다.

나는 진열대를 훑어보다가 '세리 누아르' 총서 중 한 권을 골랐다.

"이거면 되겠네요." 그녀가 말했다.

그가 우리가 있는 곳으로 왔다. 그리고 나에게 승차권을 내밀었다.

"일등석으로 끊었어요. 그게 더 편할 거예요."

난처했다. 그에게 뭐라고 감사의 말을 해야 할지 알 수가 없었다.

"그렇게까지 안 해주셨어도 되는데……"

그는 어깨를 으쓱해 보이고 나서 '세리 누아르' 총서 값을 치렀다. 그러고 나서 그들은 나를 플랫폼까지 배웅했다. 기차가 도착하자면 한 십 분 기다려야 했다. 우리는 셋 다 벤치에 가 앉았다.

"두 분을 다시 만나고 싶어요." 내가 말했다.

"파리의 우리집 전화번호가 있어요. 이번 겨울엔 우리도 아마 거기 가 있을 거예요."

그가 양복 안주머니에서 펜을 꺼내더니 세리 누아르 책의 맨 앞 면지를 찢어 거기에 자기 이름과 전화번호를 적었다. 그리고 그 종이를 접어서 내게 건네주었다.

나는 객차에 올랐다. 그리고 그들은 둘 다 출입문 앞에 서서 기차가 떠나기를 기다렸다.

"자리가 편안할 거예요……" 그가 말했다. "그 칸에는 다른 사람이 아무도 없으니까……"

기차가 움직이기 시작하는 순간 그녀가 선글라스를 벗었다. 다시 그녀의 흐릿한 청색 혹은 회색의 눈이 드러났다.

"행운을 빌어요." 그녀가 나에게 말했다.

마르세유에 도착하자 나는 혹시나 내 여권을 잊어버리지나 않았는지 보려고 내 여행가방을 뒤져보았다. 그러다가 어떤 셔츠 칼라 속에서 지폐 몇 장을 발견했다. 그 돈을 내게 남겨주려는 생각을 한 것이 그녀였을까 아니면 그였을까 하고 자문해보았다. 아마도 두 사람 다였을 것이다.

나는 7월 14일을 틈타서 그 누구의 주의도 끌지 않고 시테 베롱에 있는 우리 아파트에 슬쩍 들어가보았다. 나는 물랭루주 뒤쪽의 아무도 사용하지 않는 계단을 이용했다. 그 사층에 골방으로 통하는 문이 있었다. 리우데자네이루로의 가짜 출발을 하기 전에 나는 그 문의 열쇠를—아네트는 존재 자체를 알지 못하는 그 브리카르표 열쇠를—챙긴 다음 그녀가 알고 있는 단 하나뿐인 아파트의 출입문 열쇠는 내 나이트 테이블 위에 보란듯이 놓아두었었다. 그래서 설령 내가 파리에 그대로 머물고 있다는 사실을 그녀가 눈치챈다 해도 열쇠를 잊어버린 채 두고 간 나로서는 불시에 아파트로 들어가는 것이 불가능하다는 걸 그녀는 알고 있었다.

골방은 불빛이 전혀 없어서 캄캄했다. 나는 더듬더듬 작은방, 그러니까 아네트와 내가 만약에 아이를 가지게 될 경우 "아이들 방"이라고 불렀을 방으로 통하는 문의 손잡이를 찾아냈다. 양쪽 벽에 책들이 가득 꽂혀 있는 복도를 따라가면 우리가 거실로 사용하는 큰 공간이 나온다. 나는 발끝을 딛고 걸어갔다. 하지만 전혀 위험할 것이 없었다. 그들은 모두 다 저 위에 있는 테라스에 모여 있었다. 그들이 주고받는 대화 소리가 나직하게 들렸다. 나 없이도 삶은 계속되고 있었다. 나는 밧줄을 꼬아서 난간을 만들고 벽에는 구명용 튜브가 걸려 있는 그 좁은 계단을 따라 올라가고 싶은 유혹을 느꼈다. 그러면 내 앞에는 상선의 상갑판을 연상시키는 테라스가 나타날 것이었다. 아네트와 나는 현창, 좁은 통로, 상갑판 난간 등등 언제나 크루즈 여행중이라는 환상에 빠질 수 있도록 꾸미고 싶었던 것이다. 그러니까 테라스로 나서면서 나는 이를테면 죽음과 같은 침묵과 맞닥뜨리게 될 것이었다. 그리고 그 경악의 순간이 지나고 나면 모두들 나에게 질문을, 그 다음에는 축하의 말들을 퍼부어댈 것이고 장내의 즐거움은 평소보다도 한결 더 야단스러워질 터였고 모두들 죽었다가 살아 돌아온 자를 기리는 뜻에서 샴페인을 마구 뿌려댈 것이었다.

그러나 나는 계단 첫번째 디딤판에서 멈췄다. 아니었다, 아무리 생각해도 나는 아무도 만나고 싶지 않았고 말을 하는 것도,

설명을 늘어놓는 것도, 평소와 다름없는 생활의 흐름을 다시 시작하는 것도 싫었다. 몇 가지 여름옷과 가죽구두 한 켤레를 찾아 가지고 갈 생각으로 우리 방으로 들어가려던 것이었다. 나는 방문 손잡이를 살며시 돌렸다. 문은 안에서 잠겨 있었다. 문 아래쪽 양탄자 위로 가는 불빛이 보였다. 축제 분위기가 한창 달아오르는 동안 누군가 이곳에 따로 떨어져 있는 것이다. 누굴까? 아네트와 카바노일까? 나의 미망인—내가 다시는 나타나지 않기로 결심한 이상 그녀는 바로 나의 미망인이 아닌가—께서는 지금 이 순간 내 가장 친한 친구와 함께 부부 침대를 차지하고 있는 것일까?

나는 서재로 사용하는 바로 옆방으로 들어갔다. 두 방을 연결하는 문이 빙긋이 열려 있었다. 아네트의 목소리가 들려왔다.

"그렇지 않아…… 달링, 겁낼 것 없어…… 이 방으로 들어와 방해할 사람은 아무도 없다고……"

"확실해? 누구든 저 위 테라스에서 내려와 방으로 들어올 수 있는데…… 특히 카바노가……"

"천만에…… 카바노는 안 와…… 방문을 잠가놨거든……"

아네트의 첫마디 말에서부터 나는 부드럽고 보호자인 체하는 그 어조로 보아 그녀가 카바노와 같이 있는 게 아니라는 것을 눈치챘다. 그리고 다음으로 나는 벤 스미단의 아주 조용한 목소리를 알아차렸다. 연초에 우리가 '탐험가 클럽'에 받아들인 젊은이로 카바노와 내가 추천자였다. 인도양과 태평양에 좌초한 선박들의 잔해를 찾아나서고 싶어하던 그 젊은이를 보고 아네트는 "그리스 목동 같은 얼굴"이라고 말한 바 있었다.

*

방의 불이 꺼졌고 아네트가 쉰 목소리로 말했다.

"겁낼 것 없어, 달링……"

그 소리를 듣자 나는 문을 살며시 닫고 내 서재의 불을 켰다. 여러 개의 서랍을 뒤진 끝에 짙은 녹색의 낡은 서류파일 하나를 찾아냈다. 나는 파일을 옆구리에 끼고 나의 미망인과 벤 스미단이 그들의 사랑에 빠져들도록 버려둔 채 방을 나왔다.

나는 한동안 복도 한가운데 가만히 서서 왁자지껄한 대화 소리에 귀를 기울이고 있었다. 나는 저 위에, 한 손에 샴페인 잔을 들고 난간 앞에 서 있을 카바노를 생각했다. 그는 다른 초대 손님들과 함께 블랑슈 광장을 물끄러미 바라보고 있었다. 광장은 마치 이제 막 배들이 기항한 어느 작은 고기잡이 항구를 연상시켰다. 아니 그게 아니라 그는 아네트가 안 보인 지 한참 되었다는 걸 깨닫고 내 미망인이 대체 어디 간 것일까 하고 자문하고 있는 것인지도 모른다.

그로부터 이십 년 전 방갈로 앞 어둑한 곳에서 잉그리드와 리고와 함께 있던 내 모습이 눈에 선했다. 우리 주위에는 지금 저기 테라스에서 내게 들려오는 것과 비슷한 떠들썩한 목소리들과 웃음소리가 들려왔었다. 지금 나는 당시 잉그리드와 리고의 나이였고, 그 무렵 내게는 그토록 이상하게만 보였던 그들의 태도가 바로 오늘 저녁 나의 태도 바로 그것이었다. 잉그리드가 했던 말이 생각났다. "그렇게 되면 이번에는 죽은 체하는 거죠 뭐."

나는 물랭루주 뒤쪽으로 난 비밀 계단을 내려와 대로변으로 다시 내려섰다. 나는 블랑슈 광장을 가로지른 다음 고개를 들고 우리집 테라스 쪽을 쳐다보았다. 저 위에서 저들이 버스에서 쏟아져나오는 관광객들의 물결과 7월 14일의 산책객들 가운데서 나를 알아볼 가능성은 없었다. 그들은 아직도 내 생각을 조금이라도 하고 있는 것일까? 사실 나는 내 미망인, 카바노, 벤 스미단 그리고 그 밖의 여러 초대 손님들, 저 사람들에 대하여 호감을 가지고 있었다. 언젠가 나는 여러분들 가운데로 돌아올 것이다. 아직은 내가 환생하게 될 정확한 날짜는 알 수 없다. 그럴 만한 힘과 욕구가 있어야 하는 것이니까. 그러나 오늘 저녁 나는 도레 시문까지 가는 지하철을 타려고 한다. 가벼운 마음으로. 모든 것에서 초연해져서.

자정 무렵이 되어 돌아오니 광장의 분수들에는 여전히 조명이 켜져 있고 어린아이들이 섞여 있는 몇몇 무리의 사람들이 동물원 입구 쪽으로 가고 있었다. 7월 14일을 기념하여 동물원은 아직 문을 열고 있었다. 아마도 동물들은 우리 안에서, 울타리 안에서 반쯤 잠이 들어 있을 것이다. 나 역시 한밤중에 동물원 구경을 가고, 그리하여 지난날 우리의 것이었던 꿈, 즉 밤에 동물원 안에 갇히는 꿈을 실현해보는 환상을 가져서 안 될 건 없지 않겠는가?

그러나 나는 도드 호텔로 돌아가서 야생 벚나무로 짠 내 방 작은 침대에 눕는 쪽을 택했다. 나는 짙은 녹색 파일에 보관된 서류들을 다시 읽었다. 지금으로부터 십 년 전 내가 적어둔 메모들, 심지어 한 장章을 이루는 짤막한 글들, 내가 그 시절에 품고 있었던 계획, 즉 잉그리드의 전기를 써보겠다는 계획의 초안이었다.

9월 파리에서였다. 처음으로 나는 나의 삶과 나의 직업에 회의를 느꼈다. 이제부터 나는 나의 아내인 아네트를 나의 가장 친한 친구인 카바노와 공유하게 될 참이었다. 대중은 우리가 지구의 정반대쪽에서 찍어오는 다큐 영화들을 외면하고 있었다. 그 모든 여행들, 열대계절풍과 지진과 아메바들과 원시림의 나라들이 내게서 그 매력을 잃어버렸다. 그것들이 과연 매력을 가진 적이 있기나 했던가?

의혹과 우울의 날들. 5주간의 휴식 기간이 지나고 나면 나는 지난날 '황색 항해'* 때 이용되었던 경로를 따라 아시아 대륙을 헤집고 돌아다닐 예정이었다. 나는 내가 그 자동차 바퀴자국을 찾아다녀야 했던 그 탐험의 탐사 대원들을 저주했다. 파리, 센강의 강둑 그리고 블랑슈 광장이 그때처럼 내 마음을 사로잡은 적은 한 번도 없었다. 이 모든 것을 두고 떠나다니 얼마나 바보 같은 짓인가……

---

* 1931년 4월부터 1932년 2월까지 유럽과 아시아 대륙을 횡단한 장거리 자동차 경주.

잉그리드에 대한 기억이 내 마음을 끈질기게 붙잡고 놓아주지 않았다. 출발에 앞선 여러 날 동안 나는 그녀에 대하여 내가 아는 모든 것을, 다시 말해서 그다지 많지 않은 내용들을 적었다. 전쟁 후 오륙 년 동안 리고와 잉그리드는 남프랑스에서 살았다. 그러나 그 시기에 대해서 나는 아무런 정보도 가진 것이 없었다. 그뒤 잉그리드는 리고와 떨어져서 아메리카로 떠났다. 그녀는 어떤 영화제작자를 따라 그곳으로 갔다. 그곳에서 그 제작자는 그리 대단찮은 몇 편의 영화에 그녀를 단역으로 출연시키고자 했다. 리고가 뒤따라와서 그녀와 합류했고 그녀는 제작자와 영화를 버렸다. 그녀는 또다시 리고와 헤어졌고 리고는 프랑스로 돌아왔다. 그녀는 또 여러 해 동안 아메리카에 그대로 남아 있었다. 바로 그 시절에 대하여 나는 전혀 아는 것이 없다. 그리고 그녀는 얼마 후 프랑스로, 그리고 파리로 복귀했다. 또 얼마간의 시간이 지난 뒤 리고와도 다시 만났다. 그리하여 내가 그들을 생라파엘 길에서 만난 그때가 된 것이었다.

십 년이 지난 뒤에 마치 다른 사람이 쓴 것만 같은 나의 기록들을 전부 다 다시 읽으려니 기분이 언짢아졌다. 가령 '아메리카 시절'이라고 제목을 붙인 챕터가 그랬다. 과연 그 챕터가 그녀의 삶에서 그만한 자리를 차지했다고 분명히 말할 수 있을까? 시간이 지나면서 그 에피소드는 하찮은, 거의 우스꽝스러운 모습을 띠게 되었다. 그러나 그 글을 쓰던 시절에 나는 부차적인 것들, 작은 조각들에 더 민감했고 본질적인 것을 건드리지 못했다. 잉그리드가 미국 영화제작자를 만나 알게 된 것이 1951년 여름 샹젤리제 대로변의 어느 카페 테라스에서였다는 이유로 1951년의 어떤 잡지에서 그 대로의 여름밤 풍경 컬러 사진을 오려내어 스크랩해두었으니 그 얼마나 유치한 짓이었던가…… 나는 스물다섯 살 적 잉그리드가 몸담고 살았던 분위기를 보다 더 잘 짐작할 수 있도록 그 자료를 내 기록에 첨부해두었던 것이다. 테라스의 파라솔들과 등나무 의자들, 당시만 해도 아직 샹젤리제 대로에서 느낄 수 있었던 해수욕장 같은 분위기, 그녀 특유의 청춘 시절과 너무나도 잘 어울리는 파리 저녁들의 감미로움…… 그리고 내가 적어둔 그 이름, 알렉상드르 다르크. 할리우드의 어떤 나이 많은 프랑스인으로 그날 저녁 잉그리드를 영화제작자에게 소개해준 남자였다. 그는 유럽을 여행하는 제작자를 어디나 함께 따라다니면서 이른바 당시의 젊은 얼굴들을 그에게 소개시켜주는 역할을 담당하고 있었으니까……

내가 잉그리드의 전기에 필요하다고 생각했던 또 한 가지 자료도 나의 기록에 들어 있었다. 조사중에 우연히 발견한 미국 제작자의 사진이 그것이었다. 그 사진은 플로리다의 어떤 카지노에서 가진 리셉션 때 찍은 것이었다. 홀의 한가운데에 설치된 무대에서 체조 선수들이 그들의 레퍼토리를 선보이고 있었는데 갑자기 그 제작자는 잉그리드의 눈에 띄고 싶었는지 테이블에서 벌떡 일어나 입고 있던 턱시도와 나비넥타이, 그리고 셔츠를 벗어던졌다. 상체를 벗은 채 무대로 올라간 그는 깜짝 놀란 체조 선수들이 보는 가운데 체조용 그네를 거머쥐었다. 사진 속 그는 툭 불거진 상체, 홀쭉하게 들어간 배, 다리를 직각으로 들어올린 모습으로 그네에 매달려 있었다. 아주 작은 체구에 입술가를 따라 가지런히 깎은 콧수염을 한 그는 내 어린 시절의 아득한 추억을 되살아나게 했다. 꽉 다문 턱, 자신감 넘치는 상체, 그리고 직각으로 들어올린 두 다리……

그 남자는 자신의 딸이라고 해도 될 나이의 젊은 여자에게 자신은 영원히 젊음을 간직하고 있다는 것을 증명해 보이고 싶었던 것이다. 그 일화를 내게 이야기해주면서 잉그리드는 눈에 눈물이 고일 정도로 나와 함께 폭소를 터뜨렸다. 나는 혹시 그날처럼 무의미한 저녁나절들로 허송세월한 그 모든 시간들이 생각나서 눈물이 고인 것이 아닌가 하고 자문해본다.

나는 샹젤리제 대로의 사진과 그 제작자의 사진을 잘게 찢어 뒤섞은 다음 내 방 휴지통 속에 처넣었다. 그 알렉상드르 다르크를 언급한 페이지도 마찬가지 방식으로 처리했다. 그 모조품 같은 이름이며 그의 흥행사 일이 십 년 전의 내 눈에는 그 엑스트라를 잉그리드의 전기에 등장시킬 가치가 있다고 여길 만큼 흥미진진해 보였던 것이다. 나는 어떤 막연한 후회의 감정을 느꼈다. 전기 작가는 불필요하다고 판단된다는 이유로 어떤 세부 사항들을 없애버릴 권리가 있는 것일까? 아니면, 세부 사항들은 하나하나가 다 나름대로 중요한 것이므로 무엇이 더 중요한가를 따지지 말고 그 모든 것을 죽 연달아 한데 모아놓고 압류 목록처럼 어느 것 하나 빠짐이 없도록 하는 것이 옳은가?

한 생애의 도정이 일단 그 종착점에 이르러 불필요하고 장식적인 그 모든 요소들을 스스로 걸러내는 자정작용을 한다면 또 모를까. 그렇게 되면 마침내 여백, 침묵, 화려한 피날레 같은 본질적인 것만 남는다. 나는 이 심각한 문제들을 머릿속에서 뒤적거리다가 마침내 잠이 들었다.

*

다음날 아침, 술트 광장과 술트 대로가 만나는 모퉁이 카페에서 스무 살이 많이 넘어 보이지 않는 어떤 젊은 여자와 남자가 내 옆 테이블에 앉아 있다가 내게 미소를 지어 보였다. 나는 그들에게 말을 걸어보고 싶었다. 내가 보기에 그 갈색 머리 남자와 금발의 여자는 서로 잘 어울리는 것 같았다. 아마도 그 나이 때 아네트와 나 역시 바로 그런 모습이었을 것이다. 그들의 존재가 내게 힘이 되었다. 그들이 내게 자신들이 지닌 정기와 싱싱한 그 무엇을 전해준 것인지 나는 그날 하루종일 원기 왕성했다.

그 젊은 남자와 여자는 내가 생라파엘의 도롯가에서 잉그리드와 리고를 처음 만났던 일을 되돌아보게 만들었다. 나는 그들이 왜 자동차를 세웠으며 그토록 자연스럽게 나를 자기네 집으로 초대해주었는지를 자문해보았다. 마치 그들이 나를 오래전부터 알고 있었던 것만 같았다. 물론 기차에서 뜬눈으로 밤을 새우고 난 참이어서 피로한 나머지 내게는 모든 것이 다 가능해 보이고 삶에 아무런 거리낌이 없다고 느껴졌었다. 그저 완만하게 경사진 길에 몸을 맡긴 채 손을 들기만 하면 자동차가 턱 하니 앞에 와 서고 사람들이 아무런 질문도 하지 않은 채 도움을 주는 것이었다. 그리하여 소나무 그늘 아래서 잠이 들었다가 깨어나면 옅은 청색의 두 눈이 가만히 내려다본다. 나는 잉그리드와 팔짱을 낀 채 성채의 길을 내려가면서 내 생애 처음으로 누군가의 보호를 받고 있다는 확신을 가졌다.

그러나 나는 리고가 마치 어떤 상처를 감추기라도 하려는 듯 다리를 최대한 조금만 절려고 애쓰던 모습이며 잉그리드가 어둠 속에서 "그렇게 되면 이번에는 죽은 체하는 거죠 뭐" 하고 속삭이던 말을 잊지 않았다. 그때 벌써 그들은 자신들이 달리기의 마지막 지점에 이르렀음을 지각하고 있었던 게 분명하다—적어도 잉그리드는 그랬다. 아마도 나의 존재가 그들에게는 어떤 기분 전환, 일시적인 위안이었을 것이다. 아마도 나는 그들에게 언뜻 젊은 시절의 추억을 되살려주었을 것이다. 실제로 그들은 내 나이였을 때 코트다쥐르에 가 있었다. 그들은 스스로 알아서 살아가야 하는 신세였다. 그리고 혈혈단신 고아들이었다. 그랬기 때문에 잉그리드는 내게 부모가 있는지 알고 싶어했던 것이다.

오늘 저녁 나는 도드 호텔의 내 방에서 나의 기록들을 들여다볼 필요가 없다. 모든 것이 다 어제 일처럼 기억난다…… 그들은 1942년 봄에 코트다쥐르에 도착했다. 여자는 열여섯 살, 남자는 스물한 살이었다. 그들은 나처럼 생라파엘역이 아니라 쥐앙레팽역에서 내렸다. 파리에서 출발한 그들은 자유 프랑스와 독일 점령지 사이의 경계선을 몰래 넘어왔다. 잉그리드는 리고의 아내 테르센 잉그리드라는 이름으로 된, 나이를 세 살 불린 가짜 신분증을 소지하고 있었다. 리고는 상의의 안감 속에, 그리고 여행가방 밑바닥에 수십만 프랑을 숨겨 지니고 있었다.

쥐앙레팽에 내렸을 때 그들은 그날 아침 유일한 여행자들이었다. 삯마차 한 대가 역 앞에서 기다리고 있었다. 흰색 말이 끄는 검은색 마차였다. 그들은 여러 개의 가방 때문에 삯마차를 타기로 했다. 말은 평보로 천천히 걸었고 그들은 솔밭 가운데의 인적 없는 작은 공원을 따라갔다. 마부는 오른쪽으로 고개를 기울이고 있었다. 뒤에서 보면 그는 자고 있는 것만 같아 보였다. 르 카프 길의 모퉁이를 돌자 바다가 나타났다. 마차는 비탈진 소로로 접어들었다. 마부가 채찍을 휘두르자 말이 속보로 길을 따라 올라갔다. 이윽고 마차가 덜컹거리며 우람하고 하얀 프로방살 호텔 건물 아래에 와 멈췄다.

"우리는 신혼여행중이라고 설명해야 해." 리고가 말했다.

*

호텔은 오직 한 개 층만이 개방된 상태였고 얼마 안 되는 투숙객들은 그곳에 몰래 숨어서 지내고 있는 것 같았다. 그 층에 이르기까지 엘리베이터는 그 어느 곳에도 멈추지 않을 것처럼 천천히 그늘지고 고요한 층층을 통과했다. 계단 쪽으로 걸어올라가고 싶은 사람에게는 손전등이 필요했다. 커다란 식당은 닫혀 있고 샹들리에는 흰 천으로 싸여 있었다. 바 역시 휴업중이었다. 그래서 사람들은 홀의 한구석에 모여 있었다.

호텔 뒤편으로 난 그들의 방 창문은 해변 쪽으로 완만한 경사를 이루며 내리뻗은 어떤 길에 면해 있었다. 발코니에서 그들은 솔숲을 내려다볼 수 있었고 자주 르 카프 길의 길모퉁이를 돌고 있는 삯마차가 보였다. 저녁이면 어찌나 깊은 침묵이 깔리는지 길 위의 말발굽 소리가 오랫동안 사라지지 않고 울렸다. 잉그리드와 리고는 둘 중에 누가 더 예민한 청력을 발휘하여 마지막까지 말발굽 소리를 들을 수 있는지 시합을 하곤 했다.

*

쥐앙레팽에서 사람들은 마치 전쟁이 없는 것처럼 지냈다. 남자들은 해변용 짧은 바지를 입었고 여자들은 밝은 색상의 파레오*를 허리에 둘렀다. 모두가 잉그리드와 리고보다 이십여 년 연상이었지만 그 점은 거의 눈에 띌까 말까였다. 볕에 그을린 피부와 운동에 길든 거동 덕분에 그들은 젊고 태평스러운 인상을 유지하고 있었다. 그들은 여름이 끝나면 세상이 어떻게 돌아갈지 알지 못했다. 아페리티프가 나올 무렵이면 그들은 서로 주소를 교환했다. 금년 겨울에는 므제브에 방을 잡을까? 어떤 사람들은 발디제르가 더 낫다면서 벌써부터 이즈랑 고갯마루에 '예약'을

* 타히티섬 지역에서 가슴이나 허리춤에 휘감아 매어 의복으로 입는 장방형의 천.

서둘렀다. 또다른 사람들은 코트다쥐르를 전혀 떠날 생각이 없다고 했다. 어쩌면 생트로페의 '라티튀드 43'이 다시 문을 열 것 같았다. 부야베스 해변 저 위쪽 솔숲 속에 좌초한 상선 같은 그 하얀 호텔 말이다. 거기서는 안전하다는 느낌이 들 것이다. 볕에 그을린 얼굴에서 언뜻 스쳐지나가는 불안감이 읽혔다. 전쟁이 비껴간 장소를 찾아서 끊임없이 떠나야 하고 그런 오아시스들이 점점 더 귀해지다니…… 해안 지역에서는 배급이 시작되었다. 의기소침해지지 않으려면 아무 생각도 하지 않는 것이 좋았다. 그렇게 하릴없는 날들을 보내다보면 때때로 가택 연금 상태라는 느낌이 들었다. 머리를 비울 필요가 있었다. 그리고 햇빛을 받으며 미풍에 흔들리는 종려나무에 몸을 맡긴 채 점점 무감각해져 가고…… 두 눈을 감는 것이었다. 잉그리드와 리고는 전쟁을 잊어버린 그 사람들과 마찬가지의 리듬으로 살았지만 따로 떨어져 지냈고 그들에게 말을 건네는 것을 피했다. 처음에 사람들은 그들이 이토록 젊다는 사실에 놀랐다. 부모를 기다리고 있는 걸까? 바캉스를 온 걸까? 잉그리드와 자기는 그저 "신혼여행중"이라고 리고는 대답했다. 그런데 이 대답에 프로방살 호텔의 투숙객들은 놀라기는커녕 위안을 얻었다. 젊은 사람들이 아직 신혼여행을 떠난다면 그건 상황이 그렇게까지 비극적인 건 아니고 지구가 계속해서 돌아가고 있음을 의미하는 것이었다.

아침에 그들은 두 사람 다 카지노와 르 카프 길 초입 사이의 솔밭 발치에 펼쳐진 모래사장으로 내려가곤 했다. 정자와 탈의장들을 갖춘 프로방살 호텔 전용 해변은 호텔 관리인의 말을 빌리자면 "평화로운 시절의" 본래 기능을 더이상 다하지 못했다. 몇 개의 덱체어와 파라솔이 고객용으로 비치되어 있었다. 그러나 전쟁이 끝날 때까지 탈의장은 사용이 금지되어 있었다. 처음 온 사람은 이 해변에 발을 들여놓으면서 혹시나 무슨 범법 행위를 저지른 것이나 아닌가 하는 의문을 가졌다. 심지어 일광욕을 하는 것이 좀 부끄럽다는 느낌마저 들었다. 처음 도착해서 얼마간 리고는 매 순간 사람들이 그들에게 여기서 뭘 하고 있느냐고 물을까봐 겁을 내는 잉그리드를 안심시키려고 애썼다. 그녀는 아직도 파리에서 지냈던 그 불안정한 생활의 여파에서 벗어나지 못하고 있었던 것이다. 그는 그녀에게 쥐앙레팽의 한 상점에서 옅은 녹색의 수영복을 사주었다. 그리고 다른 여자들이 두르고 다니는 것 같은, 부드러운 색조의 그림이 그려진 파레오도 사주었다. 그들은 부교 위에 누워 있다가 햇볕에 몸의 물기가 마르기만 하면 다시 물속으로 뛰어들었다. 그들은 먼바다 쪽으로 헤엄쳐 나간 다음 모래사장을 향하여 나란히 배영으로 헤엄쳐 돌아오곤 했다. 오후의 시작 무렵 더위가 너무 심해지면 그들은 인적 없는 길을 건너서 프로방살 호텔 입구로 난, 가장자리에 소나무와 종려나무가 늘어선 소로를 따라갔다. 프런트에는 관리인이 자주 자리를 비웠다. 그러나 리고가 그들의 방 열쇠를 가운 주머니 깊숙이 간직하고 있었다. 그러면 엘리베이터가 천천히 올라갔고 컴컴한 층계참들이 차례로 지나가면서 침묵에 잠긴 채 끝없이 이어지는 복도들과 필시 침대 밑판들만 남아 있을 방들을 언뜻언뜻 드러내 보였다. 엘리베이터가 올라갈수록 공기가 더 가벼워졌고 박명이 그 복도와 방들을 서늘하게 감쌌다. 육층에 이르자 쇠창살로 된 커다란 문이 그들의 등뒤에서 덜컹하며 닫혔고 더이상 아무것도 침묵을 깨뜨리는 것이 없었다.

그들은 발코니에서 솔밭을 내려다보았다. 그 가장자리에서 어두운 녹색 밑으로 카지노의 하얀 반점을 알아볼 수 있었다. 그리고 호텔을 에워싼 담장을 따라 난 지나가는 사람 하나 없는 경사진 길. 이윽고 그들은 방 창문의 덧문들을 닫았다. 잉그리드의 수영복과 같은 색깔인 옅은 녹색의 덧문들을.

*

저녁에 그들은 작은 솔밭 공원 가장자리를 따라가다가 식량 보급 제한을 모르는 쥐앙레팽의 어떤 식당으로 가서 식사를 했다. 손님들은 니스와 칸에서 그곳으로 찾아왔다. 처음에 잉그리드는 그곳에 가면 마음이 편치 않았다.

단골들은 이 테이블 저 테이블에서 서로 인사를 건넸고, 남자들은 스웨터를 어깨 위로 아무렇게나 잡아매어 걸치고 있었고 여자들은 볕에 그을린 등을 드러낸 채 머리를 크레올 스카프로 감싸고 있었다. 영어로 대화를 주고받는 소리가 들려오기도 했다. 전쟁은 그토록 멀리 있었다…… 식당의 홀은 카지노와 이웃한 건물의 한쪽 날개를 점하고 있었고 또 테이블들이 인도에까지 넘쳐 나와 있었다. 들리는 말로는 식당의 주인 여자—마드무아젤 코티용이라고 하는—가 법적으로 말썽을 빚었던 인물이었지만 지금은 "보호"를 받고 있다고 했다. 그녀는 대단히 상냥했고 쥐앙레팽에서는 드 부르봉 공주로 불리고 있었다.

*

그들은 호텔로 돌아왔다. 달이 없는 밤이면 두 사람 다 불안감에 사로잡히곤 했다. 가로등 하나 불 켜진 창문 하나 보이지 않았다. 드 부르봉 공주의 식당은 마치 그녀가 등화관제에 맞서는 최후의 인물이라도 된다는 듯 불빛으로 빛났다. 그러나 몇 발짝만 걸어가면 그 불빛은 사라지고 그들은 어둠 속을 걷고 있었다. 웅얼거리는 대화 소리도 잦아들었다. 식탁에 둘러앉은 모습으로 안도감을 주었고 낮 동안 모래사장에서 보이곤 했던 그 모든 사람들이 이제 그들에겐 비현실적인 존재들 같았다. 순회공연을 다니던 중에 전쟁이 터져 쥐앙레팽에서 발이 묶이는 바람에, 해변에서나 가짜 드 부르봉 공주의 식당에서 가짜 피서객 역할을 할 수밖에 없게 된 엑스트라 배우들 같았다. 어둠 속에 어렴풋이 보이는 하얀 덩치의 프로방살 호텔 자체도 판지로 만든 무슨 거대한 무대장치였다.

그래서 그 컴컴한 솔밭을 가로질러갈 때마다 잉그리드는 갑자기 쏟아지는 눈물바람으로 몸을 가누지 못했다.

*

그러나 그들은 홀에 들어섰다. 번쩍이는 샹들리에 불빛에 두 눈이 깜빡였다. 관리인이 프런트 뒤에 제복을 입고 서 있었다. 그는 미소 지으며 그들에게 방 열쇠를 건넸다. 사물들이 확실성과 현실감을 좀더 회복했다. 그들은 진짜 벽들과 제복을 입은 진짜 관리인을 갖춘 진짜 호텔의 홀 안으로 들어선 것이었다. 이윽고 그들은 엘리베이터에 올랐다. 그리고 다른 층의 버튼들은 사용이 금지되었음을 분명히 보여주기 위하여 접착테이프를 붙여놓았으므로 육층 버튼을 누를 때면 또다시 의혹과 불안감이 그들의 마음을 훑고 지나가는 것이었다.

어둠 속에서 엘리베이터가 느리게 다 올라가고 나면 그들은 알전구들이 흐릿하게 불빛을 던지는 층계참과 복도로 내려섰다. 이런 식이었다. 그들은 빛에서 그늘로, 그늘에서 빛으로 옮겨갔다. 순간순간 모든 것이 다 흔들릴 수 있는 이 세계에 길이 들 필요가 있었다.

*

아침에 덧문을 열면 날것 그대로의 빛이 쏟아져들어와 방안을 적셨다. 그 옛날의 여름 그대로였다. 소나무의 짙은 녹색, 푸른 하늘, 해변으로 내리뻗은 사라마르트텔 대로변의 유칼립투스와 협죽도 냄새…… 어른대는 아지랑이 속에서 프로방살 호텔의 거대하고 흰 정면이 영원히 솟아오르는 듯해서 수영을 하고 난 뒤 부교 위에 누워서 바라보고 있노라면 기념비 같은 그 건물이 자신을 보호해주고 있다는 느낌이었다.

아주 작은 어떤 것만으로도 그 풍경이 망가질 것만 같았다. 가령, 오후 끝무렵 리고가 처음에 솔밭으로 난 어떤 소로의 벤치에서 보았던 어두한 반점 같은 것 말이다. 잉그리드와 그는 해안의 대로를 따라 산책을 하고 돌아오는 길이었다. 외출복을 차려입은 어떤 남자가 벤치에 앉아서 신문을 읽고 있었다. 그런데 그가 입은 옷의 짙은 색깔과 대조되어 그의 피부색은 한 번도 햇볕을 쪼인 일이 없는 사람처럼 새하얀 우윳빛이었다.

이튿날 아침 그들은 둘 다 부교 위에 누워 있었다. 그리고 또 다시 리고는 모래사장으로 이어지는 계단의 왼쪽, 돋우어진 대지의 난간에 팔꿈치를 괴고 있는 그 어둑한 반점을 보았다. 남자는 일광욕을 하고 있는 몇 안 되는 사람들을 물끄러미 바라보고 있었다. 다른 사람들은 다 그에게 등을 돌린 채였기에 그를 보고 있는 건 리고뿐이었다. 한순간 그는 잉그리드에게 그를 가리켜 보이고 싶었다. 그러나 생각을 바꾸었다. 그는 그녀를 데리고 바닷속으로 들어가 평소보다도 더 멀리 헤엄쳐 갔다가 배영 자세로 부교를 향해 돌아왔다. 잉그리드는 그냥 모래사장에 머물고 싶어했다. 부교의 나무가 너무 뜨거웠던 것이다. 리고는 그녀에게 덱체어를 하나 갖다주려고 탈의장 복도로 갔다. 그는 밝은 녹색 수영복 차림으로 물가에 서 있는 잉그리드에게로 돌아왔다. 그리고 난간 쪽으로 고개를 들었다. 이번에는 그 남자가 입술에 딱 붙여 문 담배를 빨면서 잉그리드를 염탐하고 있는 것 같았다. 햇살이 내리쪼이는데도 불구하고 그의 얼굴은 전과 다름없이 우윳빛이었다. 그리고 그의 옷은 해변의 하얀 복도들과 탈의장들과 대조되어 더욱 어두워 보였다. 리고는 아페리티프 시간에 홀

저 안쪽에 앉아 엘리베이터에서 나오는 투숙객들을 뚫어지게 바라보고 있는 그를 또 한번 목격했다.

*

지금까지 그는 그 사람의 얼굴 윤곽을 아주 확실하게 분간하지 못했다. 그가 아주 여유 있게 그럴 수 있었던 것은 같은 날 저녁 드 부르봉 공주 식당에서였다. 남자는 홀 안쪽 그들의 옆 테이블에 앉아 있었다. 앙상한 얼굴. 뒤로 넘긴 붉은빛이 도는 금발. 우윳빛 피부는 광대뼈 부분이 얽은 것 같았다. 그는 외출복 차림이었고 그곳 단골손님들이 자리잡고 있는 테이블들을 주의깊게 훑어보는 중이었다. 마치 그들의 숫자를 세어보려고 하는 것만 같았다. 마침내 그의 시선이 잉그리드와 리고에게로 무겁게 내려앉았다.

"바캉스 오셨나요?"

그는 마치 무슨 부끄러운 비밀을 털어놓게 하고 싶어하듯 자신의 금속성 음색을 부드럽게 다듬으려고 애썼다. 잉그리드가 그에게로 고개를 돌렸다.

"꼭 그런 건 아니고요. 우린 신혼여행중이에요." 리고가 말했다.

"신혼여행요?"

머리를 살짝 끄덕이며 그는 억지로 감탄하는 체했다. 그러고 난 다음 그는 저고리 주머니에서 궐련 파이프를 꺼내어 카포랄 담배를—담뱃갑은 테이블 위에 놓여 있었다—끼워 불을 붙이고 깊이 한 모금 빨아들였다. 그의 양쪽 뺨이 우묵하게 팼다.

"신혼여행중이라니 행운이시군요……"

"행운이라고요? 정말 그렇게 생각하세요?"

리고는 자기가 그렇게 불손한 방식으로 대답한 것을 후회했다. 그는 눈을 똥그랗게 뜨고 놀란 체하며 그 남자를 빤히 쳐다보았다.

"때가 때인 만큼, 당신들 나이의 사람들 중에서 신혼여행을 떠날 수 있는 사람은 별로 없으니까요……"

또다시 그 들척지근한 어조. 잉그리드는 아무 말도 하지 않았다. 리고는 그녀가 불편해하며 식당에서 나갔으면 한다는 것을 알아차렸다.

"그런 독한 담배를 잘 견디시네요?" 리고는 테이블 위에 놓인 카포랄 담뱃갑을 가리키면서 남자에게 물었다.

현기증. 현기증을 이겨내기엔 너무 늦었다. 남자가 눈살을 찌푸리면서 그를 빤히 쳐다보았다. 리고는 자신도 모르게 내뱉었다.

"그런 담배를 피우면 목이 아프지 않으세요? 원하신다면, 제게 영국제 담배가 있습니다만."

그리고 리고는 그에게 '크레이븐' 한 갑을 내밀었다.

"난 영국 담배는 안 피워요. 그런 걸 피울 능력이 못 되어서요." 남자가 어색한 미소를 지으며 말했다.

그러고 나서 그는 메뉴판을 들여다보았고 그 순간부터는 잉그리드와 리고를 못 본 체했다. 마치 이곳에 있는 한 사람 한 사람의 얼굴을 기억 속에 새겨두었다가 나중에 기록하기라도 하겠다는 듯 그의 시선은 지칠 줄 모르고 계속해서 테이블들을 훑어보고 있었다.

*

호텔로 돌아와서 리고는 자신이 어린애처럼 도전적인 행동을 한 것을 후회했다. 크레이븐 담뱃갑은 그가 나이트 테이블 서랍 속에서 발견한 것이었다. 전쟁이 나기 전 좋은 시절의 어떤 투숙객이 거기 잊고 남겨둔 빈 갑이었다. 잉그리드와 그는 둘이서 발코니 난간에 팔꿈치를 괴고 있었다. 저 아래로 교회의 지붕과 펼쳐진 소나무들이 달빛을 배경으로 뚜렷이 드러나 보였다. 나뭇잎들이 드 부르봉 공주 식당의 테라스를 가리고 있었다.

"어떤 사람일까, 그 작자?" 잉그리드가 물었다.

"몰라."

그가 혼자뿐이었다면 그 남자의 존재가 조금도 두렵게 느껴지지 않았을 것이다. 전쟁이 시작된 이래 그는 한 번도 무엇을 두려워해본 적이 없었다. 그러나 잉그리드를 생각하면 두려웠다.

*

대개 어두운 반점—리고의 표현이 그랬다—은 눈에 잘 띄지 않았다. 쥐앙레팽의 태양이 그것을 영원히 사라져버리게 했다고 생각할 수 있었다. 불행하게도 그것은 전혀 예상하지 않았던 곳에 다시 나타났다. 해수욕을 하는 시간 모래사장의 난간 위에. 르 카프 도롯가의 인도에. 카지노의 테라스에. 어느 날 저녁, 리고가 방에 있는 잉그리드에게 가려고 막 엘리베이터를 타려는데 등뒤에서 금속성의 목소리가 들렸다.

"여전히 신혼여행중이신가요?"

그가 뒤를 돌아보았다. 남자가 바로 앞에 서서 그를 눈길로 쓸어내리고 있었다.

"네, 여전히 신혼여행중이네요."

그는 최대한 담담한 태도로 대답했다. 잉그리드 때문이었다.

*

어느 날 밤, 그는 세시경 잠이 깨어 숨막히는 더위 때문에 창문을 열었다. 잉그리드는 자고 있었고, 시트는 발로 찼는지 침대 발치에 가 있었다. 달빛이 반사되어 그녀의 어깨와 엉덩이의 곡선을 비추었다. 그는 신경이 날카로워진 상태라서 다시 잠을 이룰 수가 없었다. 그는 자리에서 일어나 발끝으로 걸어서 방을 나섰다. 담배를 한 갑 구해볼 생각이었다. 복도의 전구들이 평소보다 더 흐릿한 빛을 던지고 있었다. 엘리베이터의 전구는 꺼져 있었지만 아래쪽에서 샹들리에가 강하게 빛나고 있었다.

그가 막 홀을 가로질러 지나려는데 프런트 뒤에 어두운 반점이 보였다. 남자는 활짝 펴놓은 장부 위로 몸을 숙이고 혼자 뭔가를 적고 있었다. 그는 아직 리고의 존재를 알아차리지 못했으므로 그로서는 돌아서서 자기 방으로 올라갈 시간은 충분했다. 그러나 지난번 저녁 드 부르봉 공주 식당에서처럼 왈칵 현기증이 일었다. 그는 느린 걸음으로 프런트 쪽으로 걸어갔다. 남자는 여전히 자기 일에 열중한 상태였다. 그의 앞에 이르러 리고는 두 손을 펼쳐서 대리석판을 짚었다. 그러자 상대편이 고개를 들고 뻣뻣한 미소를 던졌다.

"담배 한 갑을 구할 수 있을까 해서 왔는데요." 리고가 말했다.

"크레이븐 말씀이겠지요?"

지난 저녁과 같은 그 들큰한 어조였다.

"그런데 일하시는 데 방해를 한 것 같네요. 나중에 오지요."

그리고 리고는 고개를 숙여 남자가 뭔가를 적고 있는 수첩을 대놓고 들여다보았다. 그가 베껴 적은 것은 어떤 명단, 즉 호텔 숙박부에 기재된 투숙객 명단이었다. 그 남자는 무뚝뚝한 동작으로 수첩을 닫았다.

"크레이븐이 없으면 이런 걸 피워보시죠……"

그가 리고에게 자신의 카포랄 담뱃갑을 내밀었다.

"아니, 괜찮습니다."

리고는 친근한 어조로 말했다. 그는 자기 앞에 펼쳐져 있는 커다란 호텔 숙박부에서 눈을 떼지 않았다.

"메모를 하고 계셨네요?"

"몇 가지 정보를 수집하고 있었죠. 그런데 내가 일하는 동안 당신은 신혼여행중이시고……"

지난 저녁처럼 그는 쓰다듬는 듯한 시선으로 리고를 훑어보았다. 그리고 그가 웃을 때 금니 하나가 드러나 보였다.

리고가 머리를 숙였다. 그의 앞에는 정장의 어두운 반점. 허름한 정장이었다. 밤색 셔츠의 칼라에서 검은색 넥타이가 늘어져 있었는데 너무 작았다. 남자가 담배에 불을 붙였다. 담뱃재가 윗

옷 깃에 떨어져 있었다. 갑자기 이상한 냄새가 났다. 담배와 땀과 바이올렛 향기가 섞인 냄새였다.

"신혼여행중이라 정말 죄송합니다." 리고가 말했다. "하지만 그런 거죠 뭐…… 달리 어떻게 할 수 있는 것이 아니어서……"

그러고 나서 그는 돌아서서 엘리베이터를 향해 홀을 가로질러 갔다. 엘리베이터의 철책 문 앞에 이르러 그는 저쪽 프런트에 있는 남자를 쳐다보았다. 상대도 역시 그를 빤히 쳐다보았다. 그러다가 리고가 끈질기게 바라보는 가운데 최대한 자연스러운 태도를 취하면서 다시 일손을 잡았다. 그는 호텔 숙박부를 들춰보았고 이따금 그의 수첩에 뭔가를, 아마도 그가 놓친 투숙객의 이름인 듯한 뭔가를 적었다.

*

방에서 잉그리드는 여전히 자고 있었다. 리고는 침대 발치에 앉아서 그 반드럽고 어린애 같은 얼굴을 물끄러미 바라보았다. 그는 자신이 이제 더이상 잠을 이룰 수 없으리라는 걸 알고 있었다.

그는 발코니로 나가서 가장자리에 몸을 기댔다. 거기서 그는 여전히 그녀를 지켜볼 수 있었다. 잉그리드의 왼쪽 뺨이 그녀의 뻗은 팔 위에 내려놓여 있었다. 그녀의 손이 허공 속에서 흔들렸다. 마차가 지나가는 것을 예고하는 말발굽 소리가 들렸다. 그는 자신이 무슨 환상에 사로잡힌 것이 아닌가 하는 의문이 들었다. 이 늦은 시간에 왜 마차가? 소리가 가까이 다가왔다. 그는 백마가 지나가는 게 보이지 않을까 싶어 발코니로 몸을 숙였다. 그러나 소나무들이 빽빽이 우거진 부분에 가려서 르 카프 도로의 길 모퉁이가 보이지 않았다.

말발굽 소리가 멀어졌고 누가 가장 나중까지 그 소리를 들을 수 있는지 잉그리드와 시합을 할 수는 없었다. 그는 두 눈을 감았다. 이제 저 아래 길 위에서 발굽 소리는 거의 들리지 않았다. 그 소리들이 잦아들면 더이상 아무것도 침묵을 흔들지 않을 것이다. 그는 저 길을 따라가는 마차 속에서 잉그리드 곁에 앉아 있는 자신을 상상해보았다. 그는 마부 쪽으로 몸을 숙이고 이 여행의 목적지가 어딘지 물어보지만 마부는 잠이 들어 있었다. 잉그리드도 마찬가지다. 그녀의 머리가 그의 어깨 위로 기울어졌고 목의 오목한 부분에 그녀의 숨결이 느껴졌다. 잠이 깨어 있는 것은 그와 백마뿐이었다. 그는 불안 때문에 잠을 잘 수가 없었다. 그렇지만 백마는? 그 백마가 한밤중 길 한가운데서 갑자기 멈춰버린다면?

*

이튿날 아침, 그들은 부교에서 일광욕을 했다. 리고는 가끔 모래사장이 내려다보이는 난간 쪽으로 머리를 들고 거기에 어두운 반점이 나타나지 않는지 살펴보곤 했다. 하지만 없었다. 반점은 증발해버렸다. 얼마 동안? 어떤 순간에, 쥐앙레팽의 어느 지점에 다시 나타날까?

잉그리드는 햇볕을 가려주는 해변용 큰 모자를 잊어버리고 방에 두고 왔다.

"가서 가지고 올게." 리고가 말했다.

"아냐, 그럴 필요 없어. 그냥 있어."

"아냐. 갔다 올게."

그건 잉그리드의 불안감을 자극하지 않고 잠시 해변을 떠나려는 구실이었다. 그는 남자가 근처 어디에 와 있는 건 아닌지 확인하고 싶었다. 그가 어디에 있는지 알면 마음이 더 편할 것 같았다. 그러나 남자는 정원에도 호텔 로비에도 보이지 않았다. 해변용 모자를 손에 들고 리고는 솔밭으로 이어진 로라투아르 길 쪽으로 우회했다. 햇볕은 지독하게 내리쬐고 있었고, 그래서 그는 보도의 그늘진 자리를 따라갔다. 십여 미터 전방에 키가 크고 등이 약간 굽은 어떤 남자가 걸어가고 있었다. 그가 호텔 관리인이라는 것을 알아보았다.

해변용 모자는 십 년 전 그의 어머니가 쓰던 것과 비슷했다. 잉그리드는 진열장에 오직 하나만 남아 있는 그것을 카지노 옆의 어떤 상점에서 샀다. 누군가, 어쩌면 그의 어머니가 여름이 끝나갈 무렵 쥐앙레팽에서 잊어버린 채 두고 간 모자였을 것이다. 그가 서랍 깊숙한 곳에서 발견했던 빈 크레이븐 담뱃갑처럼.

관리인은 그의 앞에서 천천히 걸어가고 있었는데 그는 그를 앞지르고 싶지 않았다. 그는 르 카프 도롯가에 있는 빌라를 기억했다. 그의 어머니가 가끔 미국인 여자 친구를 만나러 그를 그곳으로 데려가곤 했다. 그 시절 그들은 점심식사 후에 칸에서 출발했다. 그는 열 살에서 열두 살쯤 되었었다. 미국 여자의 집 방문은 저녁때까지 이어졌다. 살롱과 아래쪽 바닷가의 부잔교에 많은 사람들이 있었다. 사람들은 모두 수상스키에 관심이 많았는데 그 미국 여자는 수상스키를 하는 최초의 여성이었다. 손님들 중 한 사람이 확실하게 기억났다. 볕에 탄 피부에 머리가 희며 미라처럼 몸이 말랐고 그 역시 대단한 수상스키 애호가인 남자였다. 매번 어머니는 그에게 그 손님을 가리켜 보이면서 말하곤 했다. "바이비 씨께 가서 인사드려." 그러고는 어머니가 그를 정원에 내버려두는 바람에 그는 오후 내내 거기서 혼자 놀았다. 안 좋은 추억들이었다. 그의 앞에 걸어가고 있는 관리인 때문에 그

추억이 되살아난 것이었다. 그가 관리인을 따라잡고 그의 어깨에 한 손을 얹었다. 상대는 놀라 뒤를 돌아보더니 그에게 미소를 지었다.

"잘못 본 게 아니라면, 당신은 호텔 손님이시죠?"

어떤 충동이 리고를 그 남자에게로 떠밀었다. 전날부터 그는 정말 어찌할 바를 몰랐고, 잉그리드에게 불행한 일이 일어날까 봐 어찌나 걱정이 되었는지 도움이 될 수만 있다면 지푸라기라도 잡고 싶은 심정이었다.

"저는 폴 리고 부인의 아들인데요……"

그 말이 그의 입에서 새나와버려 웃음이 터질 것만 같았다. 왜 갑자기 그의 어머니 얘기를 꺼낸단 말인가, 몇 날 며칠이고 온종일 그를 집 정원에 내버려두고는 저녁이 되어도 까맣게 잊고 있었던, 모성애라곤 거의 없는 그 여자를? 훗날, 그가 알프스 지방의 중학교에서 배고프고 추워서 죽을 지경이었을 때 그녀가 기껏 그에게 보내준 단 한 가지는 실크 셔츠였다.

"정말 폴 리고 부인의 아들이란 말예요?"

상대는 그가 마치 영국의 왕세자라도 된다는 듯 그를 물끄러미 쳐다보았다.

"아니, 제게 진작 말씀을 하셨어야죠, 그분의 아들이라고……"

관리인은 허리를 곧게 펴고 자세를 고치더니 또 어찌나 감동

한 표정이었는지 리고는 자신이 무슨 마술 같은 말을 입 밖에 낸 것 같은 느낌이었다. 그는 이곳이 그의 어린 시절과 관련이 있기 때문에 쥐앙레팽을 피난처로 선택한 것은 아닌지 자문해보았다. 아직도 그 자체의 영속성을 믿고 있는, 혹은 미래를 생각하기에는 너무 변덕스러운 세계 속에서 쓸쓸하지만 보호받았던 어린 시절. 그리하여 그의 어머니는, 아무 생각이 없는 그 여자는…… 그녀는 정말 전쟁이 뭔지, 사람들이 위조 신분증을 주머니에 넣고 암시장에서 살아가고 있는 오늘의 이 유령 같은 쥐앙레팽이 뭔지 아무것도 알지 못했을 것이다. 그런데 그는 지금 마지막 구원이라도 된다는 듯 그녀를 이용하고 있는 것이었다.

"제겐 폴 리고 부인에 대한 추억이 예사로운 게 아니라서…… 그분은 여기 쥐앙으로 친구분들을 찾아오시곤 했는데…… 그런데 당신이, 당신이 그분 아들이라니……"

남자는 보호자라도 된 듯한 시선으로 그를 훑어보았다. 리고는 이 남자가 자신을 도와줄 수 있을 거라 확신했다.

"당신에게 조언을 좀 구했으면 해서요." 그가 웅얼거렸다. "제가 좀 난처한 처지에 몰려서요……"

"여기서 얘기하는 게 더 나을 거예요."

관리인은 어떤 커다랗고 하얀 건물의 궁륭 밑으로 리고를 이끌고 갔다. 리고의 호텔방 발코니에서 그 건물의 지붕들과 인적 없는 안뜰이 내려다보이곤 했다. 생필립 학교였다. 그들이 들어선 곳은 한구석에 지붕 덮인 공간이 있는 안뜰 중 한 곳이었는데 관리인은 그를 뜰 가장자리에 서 있는 플라타너스로 안내했다. 그는 그에게 플라타너스 밑에 있는 벤치를 가리켰다.

"앉으세요."

그는 리고의 옆에 앉았다.

"말씀해보세요."

그는 그의 할아버지 나이쯤 되어 보였는데 머리가 하얗고 꼬고 앉은 다리는 길었다. 영국인이나 미국인 같은 모습이었다.

"그러니까 말이죠……" 리고가 멈칫거리는 목소리로 말을 꺼냈다. "전 파리에서 여기로 젊은 여자와 함께 왔는데……"

"잘못 본 게 아니라면, 부인과 함께죠……?"

"아내가 아녜요…… 그 사람에게 가짜 신분증을 만들어줬어요…… 그녀가 파리를 떠나야 했으니까요……"

"알겠어요……"

그런데 이 모든 것이 다 한낱 악몽에 지나지 않는다면? 어느 날 오후가 시작될 무렵, 시골의 고요 속에 묻혀 학교 안뜰의 플라타너스 아래 앉아 있는데, 어떻게 전쟁이 허울뿐인 현실성인들 가질 수 있겠는가? 저 안쪽으로 학교 교실들, 그리고 바로 옆에는 머리가 하얗게 세고 그의 어머니에 대한 감동적인 추억을 간직한 남자의 정다운 목소리가 들린다. 그리고 마음을 가라앉혀주는 단조로운 귀뚜라미 소리.

"당신들은 이제 더이상 호텔에 남아 있을 수가 없어요." 관리인이 말했다. "하지만 제가 다른 피난처를 구해드리죠……"

"정말 우리가 더이상 머물 수 없다고 생각하세요?" 리고가 중얼거리듯 말했다.

"다음주에 이쪽 해변의 모든 호텔에 경찰이 일제 검속을 나올 거예요."

고양이 한 마리가 어떤 교실의 반쯤 열린 문으로 슬그머니 빠져나오더니 지붕 덮인 안뜰을 가로질러 한줄기 햇살이 비치는 곳 한가운데에 몸을 웅크렸다. 여전히 귀뚜라미 우는 소리가 들렸다.

"우린 벌써 파리에서 특별히 파견된 사람의 조사를 받았어요."

"압니다, 어두운색 양복을 입은 어떤 남자 말이죠. 그 사람이 여전히 여기 있다고 생각하세요?"

"불행하게도요. 그 사람은 칸과 니스 사이를 오가고 있어요. 호텔 숙박부를 모두 점검해보겠으니 다 내놓으라더군요."

리고는 잉그리드의 해변용 모자를 벤치 위 자기 옆에 내려놓았다. 돌아오는 그가 보이지 않아서 그녀는 걱정하고 있을 터였다. 그는 안전한 느낌이 드는 이 학교 안뜰에 그녀가 그들과 함께 있었으면 좋겠다고 느꼈다. 저쪽에서 고양이는 햇살 한가운데서 잠이 들었다.

"우리가 여기에 숨을 수 있다고는 생각하지 않으세요?" 리고가 물었다.

그리고 그는 관리인에게 교실들과 아마도 기숙사가 차지하고 있는 듯한 건물의 이층을 가리켜 보였다.

"당신들에게 더 나은 숨을 곳을 알아요." 관리인이 말했다. "지난날 당신의 모친과 아주 빈번히 내왕했던 어떤 미국 여자분의 빌라예요."

*

해변으로 가는 길에서 리고는 잉그리드에게 뭐라고 하면 좋을지 깊이 생각해보았다. 그는 경찰의 일제 검속이 다음주로 예정되어 있다는 것은 말하지 말고 단지 어머니의 옛친구가 그에게 빌라를 빌려주기로 했다고 설명할 생각이었다. 그의 어머니…… 무슨 운명의 장난으로 어머니가 필요했을 때에는 항상 눈앞에 없는 존재였으면서 지금 이토록 끈질기게 다시 나타나는 것일까? 죽어서 이 세상에 없는 지금 폴 리고 부인은 마치 용서를 구하고 그녀가 그에게 끼친 모든 잘못을 지우고 싶어하는 것만 같았다.

해변에는 인적이 없었다. 바다를 향해 놓인 덱체어들이 접히지도 않은 채 그대로 남아 있었다. 그곳에는 잉그리드뿐이었다. 그녀는 부교에서 일광욕을 하고 있었다.

"프로방살 호텔의 관리인을 만났어." 리고가 말했다. "그이가 우리가 쓸 빌라를 한 채 찾아줬어. 호텔은 곧 문을 닫는대."

잉그리드는 두 다리를 허공에 내린 채 부교 가에 일어나 앉았다. 얼굴을 온통 다 가리는 큰 모자를 쓰고 있었다.

"이상하네." 그녀가 말했다. "사람들이 한꺼번에 다 가버렸어."

리고는 텅 빈 덱체어들에서 눈을 떼지 않았다.

"틀림없이 낮잠들을 자는 거야……"

그러나 다른 날 같은 시각에는 모래사장에 아직 사람들이 남아 있었다는 것을 그는 잘 알고 있었다.

"수영할까?" 잉그리드가 말했다.

"응."

그녀는 모자를 벗어서 부교 위에 내려놓았다. 그들은 둘 다 물속으로 몸을 던졌다. 바다는 호수처럼 잔잔했다. 그들은 한 오십 미터쯤 평영으로 헤엄쳐 갔다. 리고가 모래사장과 부교 쪽으로 머리를 살짝 들었다. 짙은 색깔의 나무를 배경으로 잉그리드의 모자가 붉은 반점을 이루고 있었다. 그것은 그 주변에서 인간의 존재를 알리는 유일한 신호였다.

*

오후 다섯시경 그들은 해변에서 떠났고 리고는 신문을 한 부 사고 싶었다. 잉그리드는 그게 놀라웠다. 그들이 쥐앙레팽에 도착한 이후 그들은 잉그리드가 매주 사오는 영화 잡지 말고는 신문 한 장 읽은 일이 없었다.

그러나 신문 가게가 닫혀 있었다. 그리고 기드모파상 길에는 이미 모든 상점이 셔터를 내린 상태였다. 인도를 걷고 있는 사람은 그들 둘뿐이었다. 그들은 발길을 돌렸다.

"이상하다고 생각하지 않아?" 잉그리드가 물었다.

"아니…… 전혀……" 리고가 초연한 어조를 유지하려고 애쓰면서 말했다. "시즌이 끝난 거지 뭐…… 우리가 그걸 알아차리지 못한 거지……"

"왜 신문을 사려고 했어? 무슨 일이 있었어?"

"아니."

솔발 광장 또한 인적이 없었다. 평소에 페탕크 공놀이가 한창이었던 공터에도 놀이하는 사람이 없었다. 쥐앙레팽 주민들도 여름 피서객들처럼 자기네 도시를 떠나버린 것일까?

프로방살 호텔 입구 앞에 백마가 끄는 삯마차가 한 대 멈춰 서 있고 마부가 한 무더기의 여행가방들을 거의 다 실어가고 있었다. 이윽고 그가 자기 자리에 올라타고는 딱 소리를 내며 채찍을 날렸다. 말이 평소보다도 더 느린 걸음으로 호텔의 오솔길을 내려가기 시작했다. 잉그리드와 리고는 한동안 문간에 미동도 않고 서서 낮아지는 말발굽 소리에 귀를 기울이고 있었다.

리고는 두려움을 느꼈다. 잉그리드도 마찬가지였는지 그에게 말했다.

"아마도 한바탕 지진이 일어날 것 같은데……"

그들 주위에는 가득한 햇빛이 침묵의 깊이를 더해주고 있었다.

*

호텔 로비에는 아무도 없었다. 그 시간이면 손님들이 저 안쪽 테이블들에 앉아서 아페리티프를 즐기고 있었고, 잉그리드와 리고가 해변에서 돌아오노라면 두런두런 대화 소리가 그들을 맞아주곤 했다.

관리인이 프런트 뒤에 앉아 있었다.

"두 분은 여기서 아직 하룻밤을 더 지낼 수 있어요. 내일 제가 빌라로 모시죠."

"남은 사람은 우리뿐인가요?"

"네. 다른 분들은 점심식사 후에 떠났어요. 어제 파리 신문에 실린 기사 때문에……"

그가 이제는 아무 소용이 없게 된 몇 개의 열쇠들이 매달린 칸막이 선반 쪽으로 돌아섰다.

"제가 두 분의 방을 바꿨습니다. 신중을 기하자면 그러는 게 더 나을 것 같아서요…… 이층의 방이죠…… 잠시 후에 식사를 올려다 드리겠어요……"

"그 신문기사 가지고 계세요?" 리고가 물었다.

"네."

이번에는 그들은 계단을 이용해 올라가서 116호실까지 야등이 켜진 복도를 따라갔다. 창문의 차양이 내려져 있었지만 그래도 햇빛이 스며들어서 방바닥에 가느다란 빛의 사각형을 그려놓고 있었다. 남은 것은 침대 밑판뿐이었다. 리고는 창문 쪽으로 다가가서 관리인이 준 신문을 펼쳤다. 일면의 기사 제목이 눈에 확 들어왔다. "향수 냄새가 나는 게토…… 코트다쥐르 호텔들의 인명록." 기사의 첫머리에는 명단이 실려 있었다. 그의 이름은 프랑스식 음조 때문에 거기에 포함되어 있지 않았다.

"기사에서 뭐라고 했어?" 잉그리드가 물었다.

"흥미로운 건 아무것도 없는데……"

그가 신문을 접어서 나이트 테이블 서랍 속에 깊숙이 집어넣었다. 몇 년이 지난 뒤, 전쟁이 끝나고 호텔이 다시 지난날의 호황을 누리게 될 때 어떤 투숙객은 빈 크레이븐 담뱃갑을 발견했던 그 자신처럼 이 신문을 발견하게 될 것이다. 그는 침대 밑판 위 잉그리드 곁으로 와서 누워 그녀를 끌어당겨 꼭 껴안았다. 이제 더이상 나이트 테이블 위에 던져져 있는 "방해하지 마시오" 팻말을 출입문 밖 손잡이에 고정시켜놓을 필요는 없었다.

*

그는 잠을 잤지만 꿈자리가 사나웠다. 갑자기 잠에서 깬 그는 잉그리드가 침대 위 자기 옆에 잘 누워 있는지 확인했다. 그는 문을 열쇠로 잠그고 싶었지만 그런 대비는 불필요했다. 관리인이 그에게 호텔방들 사이의 통로 문들을 열 수 있는 마스터키를 주었던 것이다.

어두운 반점의 안내를 받아 사내들이 호텔 로비로 들이닥쳐서 그들은 경찰의 일제 검속에 내맡겨질 판이었다. 그러나 그는 잉그리드 때문에 걱정할 필요는 전혀 없었다. 그 사람들은 칠흑 같은 어둠을 겨우 비치는 손전등으로 여섯 개 층에 걸친 복도들을 따라갔다. 그들은 호텔의 이백오십 개나 되는 객실들을 일일이 차례로 열어보아야 그 객실이 사용중인지 아닌지 알 수 있을 것이었다.

그는 위층의 문들이 규칙적으로 덜컥거리는 소리를 들었다. 그 소리가 가까워지면서 사람들의 목소리가 그에게까지 들려왔다. 어두운 반점과 다른 사람들이 이제 그들이 있는 층에 와 있었다. 그는 마스터키를 손에 꽉 움켜쥐었다. 그들의 옆방 문이 열리는 소리를 듣는 즉시 그는 잉그리드를 깨워서 함께 다음 방으로 슬그머니 숨어들어갈 생각이었다. 그리하여 그런 고양이와 쥐의 숨바꼭질이 그 층의 모든 방에 걸쳐 계속될 것이었다. 다른 사람들은 절대로 그들을 찾아내지 못할 것이다. 왜냐하면 그들은 둘이서 프로방살 호텔의 저 깊은 어둠 속에 웅크리고 있을 테니까.

또다시 그는 소스라쳐 놀라 잠이 깼다. 아무 소리도 들리지 않았다. 문을 여닫는 소리는 전혀 없었다. 창문의 차양으로 대낮의 햇빛이 새어들어왔다. 그는 잉그리드를 돌아보았다. 한쪽 팔에 뺨을 꼭 붙인 채 그녀는 어린아이 같은 잠 속에 빠져 있었다.

*

종려나무들이 늘어선 작은 길 끝에 위쪽으로 작은 망루가 세워진 빌라는 중세풍의 외관을 드러내며 우뚝 서 있었다. 어머니와 함께 이곳으로 오곤 했던 시절에 리고는 월터 스콧을 읽었는데 『아이반호』나 『퀜틴 더워드』에 나오는 성들을 이 빌라와 비슷한 것으로 상상했다. 처음에 그는 미국 여자나 '바이비 씨'가 그 책의 삽화 속 인물들처럼 옷을 입고 있지 않다는 사실에 놀랐다.

관리인은 그들에게 우선 정원을 보여주고 싶어했다.

"저는 이곳 구석구석을 다 꿰고 있는걸요." 리고가 말했다.

그는 눈 감고도 소로들을 따라 걸을 수 있을 것 같았다. 여기는 우물, 가짜 로마 유적, 그리고 파라솔 소나무들이나 협죽도들과 대조를 이루며 영국식으로 깎은 넓은 잔디밭. 그리고 저기, 잔디밭가에서 그의 어머니가 어느 날 저녁 깜빡 잊어버린 채 그를 남겨두고 혼자서 칸으로 돌아가버린 적이 있었다.

"여기라면 안전할 겁니다."

관리인이 정원을 눈으로 죽 훑어보았다. 리고는 잉그리드의 팔을 꼭 잡으며 불편한 기분을 억누르려고 애썼다. 그는 출발점으로, 그로서는 그 어떤 정다움도 맛볼 수 없는 어린 시절의 장소들로 되돌아왔다는 느낌을 받았다. 그러자 그 불행한 어머니를 마침내 잊어버릴 수 있게 되었는데 이제 와서 눈에 보이지 않는 그녀의 존재를 느끼게 되었다고 생각하니 기분이 상했다. 그에게 어머니는 나쁜 추억들과만 연결되어 있을 뿐이었다. 그런데 이렇게 그는 또다시 긴긴 시간 동안 이 정원에 갇힌 포로가 되어 지내야 할 것 같았으니…… 그는 등골이 서늘했다. 전쟁이 그를 골탕 먹이려고 그의 어린 시절 자체였던 이 감옥, 그러나 그가 오래전에 벗어났던 이 감옥으로 다시 돌아오도록 만들었다. 현실이 그야말로 그가 규칙적으로 되풀이해 꾸었던 악몽들을 닮아가는 것이었다. 중학교 기숙사에서 맞는 개학의 악몽……

"이보다 더 안전한 피신처는 구할 수 없었어요." 관리인이 되풀이하여 말했다.

그는 이성적으로 따져서 생각하려고 했다. 그의 어머니는 죽었고, 그는 이제 어른이었다.

"뭐 걱정되는 것이라도 있습니까?" 관리인이 물었다.

잉그리드 역시 그에게 의아하다는 듯한 시선을 던졌다.

"아니. 아녜요. 아무것도 아닙니다."

"무슨 생각을 하고 있었어?" 잉그리드가 물었다.

"아무것도 아냐."

잉그리드의 목소리를 듣고 그녀와 눈을 마주치는 것만으로도 과거가 먼지처럼 무너져 흩어지기에 충분했다. 저 한심하고 자질구레한 것들과 함께. 가령 경박한 어머니, 수상스키 선수라는 미국 여자, 바이비 씨의 흰머리와 그을린 피부, 그리고 저 아래 부잔교 근처에서 칵테일을 마시고 있는 손님들. 이 모든 퇴색한 것들이 어떻게 그에게 또다시 근심거리가 될 수 있겠는가?

그는 어린 시절의 정원에 비기면 보잘것없이 작은 지금 이 정원을 잉그리드 옆에서 걷고 있었다. 어릴 적 그곳은 길을 잃을까봐, 성으로 가는 길을 찾지 못할까봐 항상 겁이 나는 무슨 숲 같았다.

"그럼 이제 빌라를 안내해드리죠……"

그는 기억 속에 간직하고 있었던 월터 스콧 소설 속의 성과 비교해볼 때 너무나 초라해 보이는 빌라의 크기에 놀랐다. 그러니까 그게 겨우 그거였던가……

*

그들은 하얀 벽이 좋아서 망루의 방을 택했다. 이층에 있는 미국 여자의 방이 더 널찍했지만 칙칙한 색의 내장재, 천개가 달린 침대와 제국시대풍의 가구들이 음산한 느낌을 주었던 것이다. 그들은 대부분의 시간 동안 베란다를 통해서 정원과 바다를 내다보게 되어 있는 일층 살롱에 내려가 있었다. 살롱의 한쪽 벽은 온통 책장으로 가득차 있었는데 그들은 책장 선반 위에 책이 꽂혀 있는 순서대로 한 권 한 권 읽어나가기로 했다.

리고는 정원을 피했다. 그러나 그들은 해가 쨍하고 나는 날에는 돌계단을 따라 부잔교에까지 내려갔다. 그들은 수영을 했고 지난날 수상스키가 출발하던 부교 위에 눕기도 했다. 바위를 곧장 파서 만든 차고에는 아웃보드엔진 모터보트와 스키 한 쌍이 방치되어 있었다. 그것들이 완전히 삭아서 못 쓰게 되기 전에 다시 사용해볼 수 있을까?

처음 한동안 프로방살 호텔의 관리인은 리고와 잉그리드에게 빌라 밖으로 나가지 않는 것이 좋겠다고 말했다. 때마다 생필품을 제공해주는 것은 그였다. 그는 리고를 앙티브 시청에 데리고 가서 자기 친구의 도움으로, 리고 씨 부부가 알프마리팀현 쥐앙레팽의 보두앵 대로 소재 생조르주 빌라의 관리인임을 명시한 '취업 확인서'를 발부받아주었다. 따지고 보면 그는 자신에게 맡겨진 일을 다했을 뿐이었다. 미국 여자가 그에게 자기가 없는 동안 빌라를 잘 돌봐달라고 부탁했으니 말이다. 그녀는 이 빌라를 스페인 대사관의 관리 아래 두었다. 지금까지 대학 졸업장이니 행정적인 서류니 신분증이니, 품행방정 증명서 같은 것은 알지도 못했던 리고가 관리인에게 프랑스 경찰로부터 잉그리드를 철저히 안전하게 보호할 수 있게 해줄 증명서면 뭐든 다 구해달라고 부탁했다. 이리하여 그는 리고 씨 부부의 이름으로 된 취업 확인서와 그 빌라가 비시 소재 스페인 대사관의 직접 관리에 있다는 사실을 밝히는 증명서를 항상 몸에 지니고 있었다. 결과적으로 잉그리드와 그, 두 사람은 중립적인 지역에 와 있는 것이고 이제 전쟁은 그들과 더이상 아무 상관이 없게 된 셈이었다.

*

보다 더 신중을 기하기 위하여 그는 잉그리드와 종교적인 방식의 결혼을 하기로 했다. 그들이 공식적으로 결혼했다는 사실의 유일한 증거는 "리고 부인" 이름으로 된 잉그리드의 위조 증명서들뿐이었다. 그러나 그들이 실제 법적으로 결혼한 일은 없었다. 교회 결혼식은 어느 겨울 토요일에 쥐앙레팽 성당에서 거행되었다. 주례 신부는 호텔 관리인의 친구였고 증인은 관리인과 그들에게 취업 증명서를 만들어준 시청 직원이었다. 결혼식 피로연은 빌라의 거실에서 이루어졌다. 관리인이 지하실에 가서 샴페인을 한 병 가지고 와서 다 함께 새신랑, 새신부를 위하여 건배했다. 리고는 가지고 있던 다른 증명서들에다가 그가 잉그리드와 식을 올린 교회 결혼 증명서를 추가했다.

*

그들은 빌라 관리인 역할을 성심껏 수행했고 규칙적으로 청소

했다. 구석구석 작은 먼지도 없도록 털어냈고 가구들을 윤나게 닦았고 창유리를 닦았다. 리고는 모터보트와 수상스키에 신경을 썼다. 전쟁 후에 다시 꺼내서 쓸 수 없을 정도로 너무 오래되어 낡아버리지 않았다면 미국 여자와 바이비 씨는 그것들을 옛 모습 그대로 다시 찾을 수 있었을 것이다. 그렇다, 전쟁은 끝날 거다. 이런 식으로 계속될 수는 없는 일이었다. 모든 것이 다 정상화될 것이다. 그게 자연의 법칙이다. 그러나 그때까지 살아 있어야 한다. 살아 있어야. 그리고 남의 이목을 끌지 말아야 한다. 최대한 신중하게. 그들은 쥐앙레팽의 인적 없는 길에 나가서 걸어 다니는 일을 아예 포기했다. 그들은 수영을 할 때도 물가에서 사람들이 그들을 알아보면 안 되겠기에 부잔교에서 약 오십 미터 이상은 나아가지 않았다.

잉그리드는 피에르 브누아의 소설을 빠짐없이 탐독할 시간이 있었다. 모두 붉은 가죽 장정이 된 그 소설책들은 선반 하나를 다 차지하고 있었다. 책마다 그 속표지에는 미국 여자에게 바치는 애정 어린 헌정사가 적혀 있었다. 그러고 나서 그녀는 선녹색 장정의 알렉상드르 뒤마 전집을 꺼내 읽기 시작했다. 그녀는 암시장에서 구해온 마지막 남은 리폴랭 페인트로 베란다를 다시 칠하고 있는 리고에게 그 책의 몇몇 구절들을 읽어주었다.

저녁에 그들은 거실의 커다란 라디오를 틀었다. 매번 같은 시각에 금속성 목소리의 아나운서가 사설 형태로 전쟁 뉴스를 전했다. 그걸 들으면서 리고는 전쟁이 곧 끝나리라 확신했다. 목소리에는 미래가 보이지 않았다. 점점 더 금속성이 짙어지는 그 목소리를 들으면 짐작할 수 있었다. 그것은 벌써 무덤 저편의 목소리였다. 전쟁이 계속되는 한 그 목소리를 좀더 듣게 될 것이다. 그러다가 갑자기 그 목소리는 완전히 사그라져버릴 것이다.

어느 겨울 저녁 거실의 어둑한 빛 속에서 그 목소리를 듣고 있을 때 리고가 잉그리드에게 물었다.

"저걸 들으면 뭐 생각나는 거 없어?"

"아니."

"우리가 작년에 식당에서 만났던 짙은 색 양복 차림의 그 빨간 머리 작자의 목소리야…… 그가 틀림없어……"

"그럴까?"

전쟁이 막바지로 치달아감에 따라 아나운서는 문장들을 점점 더 강하게 발음했고 또 그 문장들을 끊임없이 반복했다. 레코드가 고장을 일으켰다. 목소리는 멀어졌고 잡음 속에 묻혔다가 몇 초 동안 또렷이 들렸다가 다시 멀어져갔다. 미군이 빌라에서 몇십 킬로미터 지점에 상륙하던 저녁에 잉그리드와 리고는 찍찍거리는 잡음 속에 사라져가는 아나운서의 금속성 목소리를 아직 분간해낼 수 있었다. 목소리는 덮쳐오는 폭풍과 싸워보려고 했지만 허사였다. 마지막으로 완전히 침몰하기 전에 그것은 증오의 외침이거나 구조의 호소인 양 강한 발음의 문장으로 또렷이 떠올랐다.

*

그들이 아나운서의 목소리를 들은 것은 저녁식사 때였는데 그들의 귀에 목소리는 현실성이 전혀 느껴지지 않았다. 그것은 오케스트라 음악과 그 시절의 노랫소리에 뒤섞인 배경음에 지나지 않았다.

날과 달과 계절과 해가 거듭거듭 마치 무슨 영원처럼 단조롭게 지나갔다. 잉그리드와 리고 두 사람은 필시 전쟁의 끝이라고 할 법한 그 무엇인가를 자신들이 기다리고 있었다는 것만 겨우겨우 기억할 뿐이었다.

가끔, 그것은 그들의 마음속에 되살아나서 리고가 그들의 신혼여행이라고 부르던 것에 동요를 가져왔다. 11월의 어느 날 저녁, 저격병들이 달려와서 쥐앙레팽을 점령했다. 몇 달 뒤 이번에는 독일군이 왔다. 그들은 해변을 따라 요새들을 건설했고 빌라 주위를 배회했다. 불을 끄고 죽은듯이 지내지 않으면 안 되었다.

또다시 나는 자꾸 보아도 싫증이 나지 않는 코끼리들을 보러 갔다.

미풍이 더위를 식혀주었다. 나는 동물원 울타리 끝까지 걸어갔다. 뱅센 숲의 어느 대로가 동물원 가장자리를 따라 생망데 방향으로 뻗어 있었다. 나는 거기서 어떤 벤치에 가 앉았다. 커다란 나무들, 그 가지들이 아늑하게 그 위를 덮고 있었다. 그리고 파라솔 소나무 한 그루.

나는 결국 벤치 위에 드러눕고 말았다. 그리고 동물원이 문을 닫을 무렵 스스로 일어날지 아니면 관리인이 와서 그만 나가달라고 할 때까지 기다릴지를 생각해보았다. 나는 이제 더이상 도드 호텔의 내 방으로 돌아가지 말았으면 싶은, 따지고 보면 내 마음이 기울어져가는 방향이기도 한 그 비탈을 따라 미끄러져 내려가도록 나 자신을 버려두고 싶은, 다시 말해서 노숙자가 되어버리고 싶은 유혹을 느꼈다.

마음이 편안했다. 가끔 코끼리 우는 소리가 들렸다. 나는 하늘을 배경으로 윤곽이 뚜렷한 파라솔 소나무의 짙은 녹색 잎사귀들에서 눈을 떼지 않았다. 쥐앙레팽. 나 역시 오래전, 내가 스물한 살이었을 때의 여름, 거기에 있었다. 그러나 그때 나는 아직 잉그리드가, 그리고 리고가 거기서 살았었다는 것을 알지 못했다. 나는 그보다 일 년 전에 그들을 알게 되었고 또 그뒤 그들을 다시 만나지 못했으므로 그들을 잊어버렸다.

나를 쥐앙레팽에 데리고 간 것은 카바노였다. 어떤 재즈 페스티벌 때문이었다. 우리는 아직 탐험에 대한 우리의 적성을 뚜렷하게 의식하지 못하고 있었다. 카바노는 어떤 흑인 피아니스트의 누이와 사랑에 빠져 있었고, 어떤 다른 음악가, 즉 그 이름만 들어도 내 울적한 기분이 싹 가실 정도인 도도 마르마로자의 운전기사가 되어 있었다.

나는 동물원과 생망데의 가장자리에 있는 그 파라솔 소나무가 나의 중계자가 되어 나 자신도 모르게 잉그리드와 리고의 발자취 위로 걸어가는 그 여름날 쥐앙레팽의 무엇인가를 내게 전달해주었으면 싶은 마음이었다. 우리도 카지노 아래쪽으로 내려가서 수영을 하곤 했다. 그리고 거기서 새벽이면 프로방살 호텔의 거대한 정면이 뚜렷이 드러나는 것을 보았다. 우리는 그 호텔이 아니라 아주 시끌벅적한 거리의 더 허름한 호텔에 들어 있었다.

우리는 밤에만 생기가 났다. 나는 낮 시간의 쥐앙레팽에 대해서는 아무런 기억이 없다. 해가 뜰 무렵의 덧없는 한순간만이 예외였다. 우리 주위에 보이는 얼굴들이 어찌나 많은지 나로서는 도도 마르마로자의 얼굴마저 분간하지 못할 정도로 모두가 서로 혼동되었다. 여러 팀의 오케스트라가 솔밭에서 연주를 했고, 바로 그 여름에 나는 아네트와 만나 알고 지내게 되었다. 그 시절, 나는 행복했던 것 같다.

나는 일주일마다 한 번씩 호텔을 바꾸기로 했었고, 지난날 내가 자주 드나들었던 파리의 그 변두리 지역에서 호텔을 골라서 들겠다는 계획을 세워두었었다. 나는 도레 시문의 도드 호텔에서 시몽볼리바르 대로에 있는 피에브 호텔로 옮겨갈 생각이었다. 나는 오늘 저녁에 떠나기로 했는데 아직 계산서를 달라고 하지는 않았다. 여러 대륙을 넘나들며 그토록 먼 거리를 두루 돌아다녔던 내가 도레 시문에서 뷔트쇼몽까지 지하철을 타고 옮겨간다는 생각만으로도 겁이 났다. 도레 시문에서 일주일을 보내고 나니 그곳으로 가면 낯이 설 것 같아 걱정이 되는 것이었다. 어쩌면 내일 아침이면 떠날 용기가 생길 것이다. 아니 정말이지, 날이 어두워질 무렵에 시몽볼리바르 대로에 도착한다고, 여기

도레 시문에서 들인 습관들과 갑작스럽게 단절된다고 생각하니 걱정이 앞섰다.

그래서 나는 앞서 여러 날 동안 그랬듯이 술트 대로의 카페로 저녁식사를 하러 갔다. 그리고 호텔로 돌아오기 전에 동물원 울타리를 따라 파라솔 소나무까지 걸었다.

나는 창문을 활짝 열어놓고 불을 끈 다음 두 팔을 모아 머리 밑에 고이고 침대에 누웠다. 나는 이 방에 정이 들었다. 그래서 떠나는 것이 망설여지는 것이다. 하지만 또 한 가지 다른 해결책을 생각해볼 수 있다. 매일 외곽 지역의 다른 동네로 가보는 거다. 그리고 이곳으로 돌아오는 거다. 필요하다면 가끔씩, 오직 잉그리드의 삶에 대해 적은 내 노트만 챙겨서 외박을 한다. 시몽 볼리바르 대로의 피에브 호텔에서 일박. 클리시 시문 근처의 구앵 호텔에서 일박…… 그러나 도드 호텔이 내 주된 거주지이고 도레 시문을 중심으로 이 동네가 이제부터 나의 본거지라는 사실을 인식하면서. 내 방의 숙박료 여러 주일분을 앞당겨 지불해야 할 터였다. 그렇게 하면 나를 경계하는 게 분명한 도드 호텔 주인을 안심시킬 수 있을 테지. 우리가 호텔 입구의 복도에서 마주칠 때면 그걸 느낄 수 있었다. 내가 흔히 보는 관광객 같아 보이지 않았으니까.

그래, 자신이 떠난 동네를 그려보기 위해서 가끔씩 다른 동네에서 밤을 보내는 거다. 가령 피에브 호텔에서 지금처럼 내 방의 침대에 눕는다. 그리고 멀리서 동물원 코끼리들이 우는 소리가 들린다고 생각해보는 거다. 그 어느 곳에서든 절대로 그 어느 누구도 나를 찾아내지 못할 거다.

*

나는 잘못 생각하고 있었다. 어제, 오후가 시작될 무렵, 나는 옛 식민지 박물관에 가보기로 마음먹었다. 호텔을 나서서 분수 광장을 가로지르기만 하면 바로 나지막한 주물 철책과 계단, 그리고 박물관의 거창한 현관에 이른다. 내가 입구의 매표소에서 입장권을 사던 순간 중앙홀의 관광객들과 여름학교 학생들 무리 속에서 벤 스미단의 실루엣이 보이는 것 같았다. 나는 방문객 무리 속을 이리저리 누비면서 얼른 홀을 건너질러 리요테 원수*의 집무실이 바라보이는 커다란 모퉁이 방으로 들어섰다. 등뒤에서 누군가 내 어깨에 손을 얹었다.

"아니, 장, 박물관 구경을 하러 다니는 건가요?"

---

* 위베르 리요테(Hubert Lyautey, 1873~1925). 1차세계대전 당시 프랑스 국방장관, 국군 원수. 1931년 국제 식민지 박람회 총감독을 역임했다. 그때 그가 사용했던 집무실이 지금도 남아 있다.

나는 뒤로 돌아섰다. 벤 스미단. 그가 나에게 미소를, 어색한 미소를 지어 보였다. 그는 매우 우아한 여름 양복과 하늘색 폴로 셔츠 차림이었다.

"기막힌 우연이로군요. 당신을 여기서 만날 줄은 몰랐네요." 나는 사교적인 어조로 말했다.

"나도 마찬가지지요. 난 당신이 리우데자네이루로 떠난 걸로 알고 있었는데요."

"그게 아니었네요, 사실은."

나는 지난 열흘 남짓 동안 그 어느 누구와도 말을 하지 않았기에 그 한마디를 입 밖에 내는 데도 엄청난 힘을 들여야 했다. 내가 과연 또다른 말을 더 할 수 있을지 의문이었다. 입안에 침이 말랐다.

"난 당신이 리우에 가 있지 않다는 걸 알고 있었어요."

나를 편하게 해주고 싶어하는 그의 모습이 역력해서 고맙게 생각되었다. 그에게 더이상 긴 설명을 할 필요가 없었다. 나는 마음을 가다듬고 겨우 이렇게 말을 할 수 있었다.

"뭐든 다 싫증이 날 수 있으니까요, 심지어 리우마저도."

"이해해요." 벤 스미단이 말했다.

그러나 나는 그가 아무것도 이해하지 못한다는 것을 알아차릴 수 있었다.

"장, 얘기 좀 했으면 해요."

그는 내 팔을 잡으려고 손을 내밀더니, 결국 내 반응이 어떨지 몰라 경계하듯 부드럽게 나를 이끌었다.

"뭔가 썩 안심이 되지 않는 것 같아 보이네요, 벤. 내가 리요테 집무실에서 무슨 험한 행동이라도 할까봐 겁을 내는 건가요?"

"천만에요, 장……"

그가 주위를 둘러보더니 다시 내게로 시선을 돌렸다. 그는 마치, 내가 혹시 무슨 발작적인 광기를 부리기라도 할 경우 방문객들의 물결 속에서 나를 꽉 붙잡을 수 있는 가장 신속한 방법을 가늠하는 것만 같았다.

"도드 호텔이 마음에 들어요?"

그가 나에게 눈을 찡긋해 보였다. 아마 그는 감언이설로 내 환심을 사고 싶어하는 모양이었다. 그런데 대체 그는 어떻게 내가 도드 호텔에 묵고 있다는 걸 알았을까?

"이리 와봐요, 장. 꼭 해야 할 말이 있어요."

우리는 분수 광장으로 나와 대화를 이어갔다.

"뭐 한잔할까요? 동물원 카페테리아에서요." 내가 그에게 물었다.

"동물원에 자주 가세요?"

나는 그의 생각을 읽을 수 있었다. 그가 볼 때 나는 정상이 아니었다.

해가 어찌나 세차게 내리쬐이는지 나는 동물원까지 걸을 엄두가 나지 않았다.

"큰길 모퉁이에 더 가까운 카페가 있어요. 절대로 사람이 많은 곳이 아닌데다가 대단히 시원해요, 대단히……"

손님은 우리 둘뿐이었다. 그가 에스프레소를 주문했다. 나도 같은 것으로 했다.

"난 아네트의 부탁으로 당신을 만나러 왔어요." 그가 말했다.

"아 그래요? 어떻게 지내던가요?"

나는 별 관심이 없는 체했다.

"당신은 내가 어떤 방법으로 당신을 찾아냈는지 궁금하겠죠? 자, 보세요."

그가 나에게 구겨진 종이쪽을 내밀었다. 거기에는 이렇게 적혀 있었다.

구앵 호텔? 라 종키에르 호텔? 키에튀즈(베르젤리위스 길).

피에브 호텔.

르 푸앵 뒤 주르 호텔.

도드 호텔? 레 베고니아 호텔(픽퓌스 길).

"당신이 시테 베롱의 당신 서재에 이걸 잊어버리고 두고 갔더군요. 요전날 저녁에 아네트가 이걸 발견한 겁니다. 그녀는 금방 알아차렸죠."

사실 나는 리우로의 가짜 출발 직전에 이 이름들을 종이에 끼적거렸었다.

"그래서 대번에 나를 찾아낸 거예요?"

"아뇨, 나흘 동안 다른 호텔을 여기저기 돌아다녔죠."

"당신한테는 미안하네요."

"아네트가 그러더군요, 이 모든 호텔들을 그녀도 다 안다고요."

"그래요, 이십 년 전에 우리는 이 호텔들에 자주 드나들었죠."

"아네트가 이걸 당신에게 전하라더군요."

봉투에 "장에게"라고 적혀 있었다. 그리고 나는 거기서 내가 늘 감탄해온 아내의 여러 자질 중 하나, 즉 문맹자의 글씨처럼 큼직하고 아름다운 그녀의 필적을 다시 만났다.

여보,

당신이 그리워. 카바노가 한 발짝도 떨어지지 않고 옆에 붙어 있어서 이 편지를 당신에게 몰래 보낼 수밖에 없어. 스미단은 믿어도 되니 그의 편에 메시지를 전해줘. 당신이 보고 싶어. 내가 매일 일곱시경 시테 베롱에 가 있도록 해볼게. 전화해줘. 그게 안 되면, 당신이 어느 호텔에 있는지 알게 되면 내가 당신에게 전화할게. 오래전에 그랬던 것처럼 내가 그리로 당신을 만나러 갈 수 있을 거야. 카바노 몰래 그렇게 할게. 난 당신이 살아 있다는 걸 아무에게도 말하지 않았어.

당신을 사랑해, 여보.

아네트

나는 편지를 주머니에 밀어넣었다.

"아네트에게 전하고 싶은 메시지가 있나요?" 스미단이 초조해하며 내게 물었다.

"아뇨."

벤 스미단은 골똘하게 생각하는 어린아이 같은 표정으로 이마를 찌푸렸다.

"장, 당신의 그런 태도를 나로선 이해할 수가 없네요."

그는 정말로 이해하고 싶어하는 것 같았고 또 나에게 어찌나 공손한지—물론 내가 그의 손위이긴 했다—나는 마음이 흔들렸다.

"아주 간단해요. 난 내 삶과 직업이 왠지 좀 지겨워진 거예요."

그는 심각하게 머리를 끄덕이면서 내 말에 열심히 귀를 기울였다.

“당신은 그런 느낌을 가지기에는 아직 젊어요, 벤. 처음엔 열정을 가지고 모험 정신으로 시작하지만 몇 년이 지나면 그게 그만 직업이 되고 타성이 되어버려요…… 하지만 난 당신의 용기를 꺾어놓을 생각은 없어요. 정말이지 나는 누구에게 교훈을 주는 것과는 가장 거리가 먼 사람인걸요.”

“상황이 어떤지 깨닫질 못하는군요, 장…… 우린 당신이 아주 사라져버린 줄 알았다고요……”

그는 잠시 주저하다가 덧붙였다.

“당신이 죽었다고 말예요……”

“그래, 그렇다면요?”

그가 아연실색한 눈빛으로 나를 빤히 바라보았다.

“당신은 아네트가 당신을 얼마나 사랑하는지 모르는군요…… 호텔 이름들이 적힌 종이쪽지를 발견하자마자 그녀는 살맛을 다시 찾았다고요……”

“그럼 카바노는요?”

“아네트가 저보고 당신에게 꼭 전하라고 신신당부했어요. 카바노는 그녀한테 전혀 중요하지 않았다고 말예요.”

나는 내 사생활을 들춰대는 이야기를 들으면서 갑자기 구역질이 나는 것 같았고 그런 일에 끼어든 벤 스미단을 보자 마음이 불편했다.

"당신 나이 때는 무엇보다 당신 자신과 당신의 미래를 생각해야 하는 거예요, 벤."

그는 그런 상황에서 내가 뜻밖에 자기에게 관심을 가져주어 놀란 것 같았다. 그렇지만 나는 그가 어떤 네덜란드 갤리언선의 잔해를 찾아 인도양으로 떠날 준비를 하고 있었던 그 탐험에 대해 이야기하고 그의 꿈과 환상들에 대하여 나와 의견을 나누어주었으면 싶었다.

"그럼 당신은요?" 그가 물었다. "여기서 오래 있을 작정이세요?"

그는 유감스럽다는 몸짓으로 카페 뒤로 보이는 술트 대로를 손으로 가리키며 말했다.

"그럼, 아네트에게 가서 당신을 만나러 오라고 해도 되나요?"

"당장은 오지 말라고 하세요…… 나를 찾지 못할 테니…… 뭐든 서두르면 안 되지요."

그는 조금 전과 마찬가지로 골똘히 탐구하는 표정으로 이마를 찌푸렸다. 그는 이해해보려고 애를 썼다. 그는 나를 언짢게 하고 싶지는 않은 모양이었다.

"이따금 내게 전화 메시지나 쪽지 같은 걸 남기라고 하세요. 당장은 그걸로 충분할 거예요. 간단한 메시지로…… 아니면 편지로…… 여기 도드 호텔에나…… 아니면 피에브 호텔에나…… 혹은 리스트에 적힌 다른 호텔들에나…… 그 사람은 모든 호텔들을 다 아니까……"

"가서 그렇게 전하죠……"

"그리고 벤, 당신은 언제든 기탄없이 찾아와서 당신 계획들에 대해서 말해줘요. 내가 아직 살아 있다는 것을 아는 사람은 아네트와 당신 둘뿐이니까…… 하지만 이건 우리끼리만 알고 있어야 해요."

*

벤 스미단은 도메닐 대로 쪽으로 멀어져갔고 나는 남자에게 그리 쉽게 일어나지 않는 어떤 현상을 목격했다. 그가 지나갈 때 여러 여자들이 고개를 돌리고 그를 쳐다보는 것이었다.

나는 다시 혼자가 되었다. 물론 나는 이제 며칠 뒤면 아네트의 메시지가 올 거라고 예상하고 있었다. 그러나 나는 그녀가 불시에 찾아오지는 않으리라고 확신했다. 그녀는 나를 너무나 잘 알고 있었다. 이십 년 전부터 그녀는 나와 함께 몸을 숨기는 것, 귀찮은 사람을 따돌리는 것, 사람들 곁을 슬며시 떠나는 것 따위를 잘 배워두었다. 최후 수단으로 벽장 안에 숨거나 창문을 타넘고 나가거나 위급 상황에서 비상용 계단이나 비상구를 이용하거나 에스컬레이터를 역방향으로 내달리든가 하는 방식으로…… 그리고 탐험가로서의 호기심이나 소명을 만족시키기 위해서가 아니라 도망치기 위해서 내가 감행한 그 모든 먼 곳으로의 여행들도 그랬다. 나의 삶은 어떤 도망일 뿐이었다. 아네트는 뭐든 서둘러서는 안 된다는 것을 알고 있었다. 아주 작은 위험 징후라도 나타나면 내가 사라져버릴 위험이 있었다. 그리고 이번에는 진짜로.

그렇지만 나는 우리가 지난날에 살았던 장소들, 그리고 오늘 내가 다시 찾은 이 모든 장소들에서 이따금 그녀의 메시지를 받는다면 감동적일 것 같았다. 그 장소들은 많이 변하지 않았다. 열여덟 살 무렵 나는 왜 파리 중심가를 떠나 이 변두리 지역들로 오게 되었을까? 이들 동네에 있으면 나는 마음이 편했고 숨이 트였다. 그 장소들은 중심가의 소란에서 멀리 떨어진 피난처였고 모험과 미지의 세계를 향한 도약대였다. 어떤 광장을 건너지르거나 대로를 따라 걷기만 하면 파리가 내 등뒤에 있었다. 내가 그 모든 소실선들과 함께 도시의 가장자리에 와 있다고 느끼면 어떤 쾌감이 솟아나는 것이었다. 밤에 샹페레 시문 광장에 가등이 불을 밝힐 때면 미래가 내게 손짓을 했다.

그토록 먼 곳에 가서 살고 싶어하는 나를 보고 놀라는 아네트에게 설명해보려던 내용은 이런 것이었다. 그녀도 결국은 이해하게 되었다. 아니면 이해하는 체했다. 우리는 파리 시문 근처의 여러 호텔들에서 살았다. 나는 고서적들을 사고파는 막연한 활동들로 하루하루를 보냈다. 그러나 돈을 더 많이 버는 것은 그녀였다. 포부르생토노레 길에 있는 유명한 L 양장점에서 패션모델로 월급 이천 프랑을 벌었다. 그의 동료들은 모두 그녀보다 열다섯 살 위여서 그걸 고까워했다.

모델들의 대기실이 안뜰 저 안쪽 구석에 있었던 것이 기억난다. 손님이 드레스를 고르려고 찾아올 경우를 위해서 아네트가 하루종일 '당직'을 서야 하는 일이 자주 있었다. 그리고 신작 컬렉션 발표 때 웨딩드레스를 입는 것은 늘 그녀였기 때문에 다른 모델들이 그녀의 다리를 걸어 넘어뜨리거나 할퀴거나 하이힐로 가하는 공격을 피하지 않으면 안 되었다.

우리는 도드 호텔에서 몇 주일을 지냈지만 그 오랜 시간이 지난 지금 우리의 방 번호는 잊어버렸다. 지금 내가 들어 있는 방일까? 어쨌든 내 자세는 달라지지 않았다. 즉 나는 지금 침대에 누워서 두 팔을 모아 목 뒤에 고이고 천장을 쳐다보고 있다. 그녀가 양장점에서 '당직'을 설 때면 나는 저녁에 이렇게 그녀를 기다렸다. 우리는 식당에 갔다가 다음으로 영화관에 가곤 했다. 그리고 나는— 고쳐지지 않는 게 서기 버릇이라— 우리가 자주 가던 장소들의 목록을 대강이나마 작성해보지 않고는 배길 수가 없다.

오르나노 43
샬레 에두아르
브뤼냉바리에테
조제트 드 니스네 식당
델타
라 카를랭그
다뉘브 팔라스
프티 팡타지오
코케 레스토랑
시네마 몽칼름
알로페

잠시 전, 호텔로 돌아올 때 나는 꿈을 꾸고 있는 것만 같았다. 나는 시테 베롱에서 막 잠이 깨어난 참이었다. 아네트는 아직 잠들어 있을 터이다. 이제 곧 현실의 삶으로 되돌아오게 될 것이었다. 그리고 문득 우리가 카바노, 베첼 그리고 벤 스미단과 저녁 식사를 하기로 했다는 걸 떠올리게 될 테지. 그게 아니라면, 그날은 7월 14일이어서 테라스에서 모든 친구들을 맞아들이게 될 거야. 이제는 아네트도 잠에서 깨어나 내 표정이 이상하다면서 묻겠지. "악몽을 꿨어?" 나는 그녀에게 모든 것을 다 설명할 테다. 리우로의 가짜 출발, 밀라노-파리 왕복 여행, 마치 내가 한낱 유령일 뿐인 것처럼 아파트에 들어갔다 온 일, 그녀가 벤 스미단과 침실에서 문을 걸어 잠그고 있던 것에 대한 놀라움, 이십 년 전 그녀와 내가 함께 지냈던 다른 변두리 동네들로 옮겨가 정착하려던 계획, 그리고 그 계획을 마음속에 품은 채 동물원과 도레시문 근처에서 보낸 긴 오후들을. 아네트는 나에게 말할 테지.

"이상한 꿈을 꿨나봐, 자기……"

나는 내 팔을 꼬집어보았다. 머리를 저었다. 눈을 크게 떴다. 그래도 깨어날 수가 없었다. 나는 분수의 물과 옛 식민지 박물관으로 들어가는 관광객들의 무리를 물끄러미 바라보며 그 자리에 꼼짝도 않고 가만히 있었다. 나는 도메닐 대로의 큰 카페까지 걸어가서 테라스에 앉아 옆자리 사람들과 이야기를 나누면서 이 비현실적 느낌을 지워보고 싶었다. 그러나 그렇게 하면 내 불편한 심사만 더해질 것 같았다. 모르는 사람들과 대화를 트려 들었다가는 그들이 나의 언어와는 다른 나라 말로 대답해올 것이었다. 그래서 최후 수단으로 도드 호텔 내 방에서 아네트에게 전화를 걸어볼 생각을 했다. 아니지. 어쩌면 이십 년 전에 우리가 묵었던 그 방에서는 그녀와 통화하는 것이 불가능할지도 몰라. 지난 그 모든 세월이 쌓이고 쌓여서 서로 겹치는 바람에 통화 내용이 잘 들리지 않을 것이다. 아무 카페에나 들어가 카운터에서 동전을 하나 얻어 전화부스에서 번호를 돌리는 것이 더 나을 것 같았다. 나는 그것도 포기했다. 거기서도 역시 내 목소리가 너무나 멀어서 그녀가 듣지 못할 것이었다.

나는 호텔로 돌아왔다. 나는 거기서 아네트의 메시지를 받게 되기를 기대했는데 아무 메시지도 와 있지 않았다. 그래서 나는 그녀가 전화를 걸겠지, 오직 내 방에서 울리는 그 전화벨 소리만이 내 꿈을 멈출 수 있을 거야, 하고 생각했다. 나는 침대에 누워서 기다렸다. 나는 결국 잠이 들었고 진짜로 꿈을 꿨다. 무척 더운 어느 여름밤이었다. 나는 컨버터블 자동차를 타고 있었다. 누군가 운전자가 따로 있는 것 같았지만 그의 얼굴을 알아볼 수 없었다. 파리 중심부로부터 우리는 이탈리 시문 인근 동네 쪽으로 달리고 있었다. 때때로 날이 훤한 대낮이었고 우리는 더이상 자동차 안에 있지 않고 베네치아나 암스테르담의 작은 골목들 같은 곳으로 걸어가고 있었다. 우리는 도시 안의 골짜기가 많은 초원을 건너질러갔다. 다시 밤이었다. 자동차는 오스테를리츠역 인근 인적이 없고 어둑한 대로를 천천히 따라가고 있었다. 오스테를리츠역이라는 이름은 잠 속에서 계속 따라다니는 말들 중 하나였고 그 말의 울림과 신비는 잠이 깨는 아침이면 증발해버린다. 마침내 우리는 완만한 경사를 이루며 내려가는 어느 외곽 순환도로에 이르는데 나는 거기서 종려나무들과 파라솔 소나무들을 알아본다. 큰 건물들의 창문에 불빛이 보인다. 그다음에는 어둑한 박명의 지역들. 건물들 다음에는 창고들과 어떤 경기장을 둘러싸는 담장…… 우리는 어떤 길로 들어섰는데 그 가장자리의 판자울타리와 나뭇잎 우거진 가지들이 철길이 지나가는 높은 둔덕을 가리고 있었다. 그리고 판자울타리에는 여전히 동네 영화관의 영화 포스터들이 남아 있었다. 우리가 이 근처로 다시 와보지 않은 지 너무나 오래되었는데……

*

나는 며칠 동안 아네트의 메시지가 오기를 기다렸다. 헛일이었다. 나는 내 방에서 가능한 한 나가는 일이 없도록 했다. 어느 날 저녁 일곱시경, 나는 더이상 기다릴 필요를 느끼지 못했다. 그녀의 침묵이 이제는 걱정되지 않았다. 어쩌면 그녀는 내가 먼저 한 발 나아가주기를 바라는지도 몰랐다. 하지만 그녀가 나를 알듯 내가 나를 알기에 그럴 가능성은 없었다.

나는 호텔의 계단을 내려갔다. 어떤 무거운 것에서 해방되는 느낌이었다. 나는 평소 내 습관을 바꾸어보기 위해 저녁식사를 하기로 결심한 도메닐 대로의 맥줏집으로 걸어갔다. 나는 리고 생각을 하기 시작했다. 그가 그 이튿날도, 그다음 여러 날도 끊임없이 내 머리를 떠나지 않을 것임을 미리부터 알고 있었다. 그가 파리에 살아 있다면 지하철을 타고 그를 찾아가거나 심지어 전화기에서 여덟 개 숫자를 돌리기만 하면 그의 목소리를 들을 수 있는 일이었다. 그러나 나는 그게 그렇게 간단하다고 생각하지 않았다.

저녁식사 후 나는 맥줏집의 전화부스로 가서 파리 지역 전화번호부를 들춰보았다. 그것은 팔 년 전 것이었다. 처음에 그랬던 것보다 훨씬 더 주의깊게 리고라는 성이 나열된 긴 명단을 읽어보았다. 이름은 없고 리고라는 성만 적혀 있는 부분에 내 시선이 멈추었다. 술트 대로 20번지. 307-75-28. 그해에는 전화번호가 아직 일곱 자리뿐이었다. 307번은 도리앙국의 옛날 국번이었다. 나는 주소와 전화번호를 적었다.

전화번호부에 나와 있는 모든 다른 리고들 중에서 어느 것 하나 이것이다 싶어 보이는 것은 없었다. 그들의 직업이나 파리의 주소, 혹은 리고 씨 부부라는 단순한 표시 때문이었다. 나에게 강한 인상을 준 것은 성만 있고 이름이 없다는 점과 술트 대로의 주소였다.

나는 술트 대로 20번지까지 걸어갈 생각으로 맥줏집에서 나왔다. 해는 졌고 하늘은 아직 푸르렀다. 가로등이 켜지기 전의 그 순간을, 하루 중 내가 가장 좋아하는 그 순간을 즐기고 싶었다. 완전히 낮이 아닌 시간. 아직 밤이 아닌 시간. 휴식과 고요의 감정이 휩싸니 그때야말로 멀리서 오는 메아리들에 귀를 기울일 시간인 것이다.

술트 대로 20번지는 한 무리의 깊숙한 건물들로 이루어져 있고 그 건물들은 옆으로 난 소로를 통해 접근하게 되어 있었다. 나는 리고가 어떤 상점 이름이 아닐까 하고 걱정했지만 그 주소에 상점은 보이지 않았다. 정면 쪽 건물의 창문들에는 아직 불이 켜져 있지 않았다. 혹시 어떤 세입자가 나보고 거기서 뭘 하는 거냐고 물을까봐 측면의 소로로 들어서기가 주저되었다. 물론 나는 "리고 씨를 찾아왔는데요" 하고 그에게 대답할 수 있었다.

나는 20번지 근처에 있는 벤치에 가 앉는 것으로 만족했다. 가등에 불이 들어왔다. 나는 건물의 정면과 건물 측면 소로 입구에서 눈을 떼지 않았다. 이층에는 이제 오직 창문 하나에만 불이 켜져 있었고 더위 때문에 창문 양쪽이 활짝 열려 있었다. 방 두 개짜리로 상상되는 그 조그만 아파트에 누군가 살고 있는 것이었다. 리고일까?

나는 내가 청소년 시절에 빠져들었던 모든 여행 이야기들을 생각했다. 특히 어느 영국인이 쓴 이야기가 생각났다. 그 책에서 그는 사막을 건너지르던 중 신기루에 홀렸던 이야기를 들려주었다. 책 표지에는 베두인 복장을 한 그가 어떤 오아시스 마을의 아이들 무리에 둘러싸인 모습의 사진이 실려 있었다. 나는 웃음이 터져나올 것만 같았다. 파리에서도 술트 대로의 벤치에 앉아서 똑같은 경험을 할 수 있는데 무엇하러 그렇게 멀리까지 간단 말인가? 확신컨대 저 뒤에 리고가 앉아 있을 법한 불 켜진 저 창문 두 쪽은 사막 한복판에서 우리의 눈을 현혹하는 그것 못지않게 강렬한 신기루가 아닌가?

*

이튿날 열시경 나는 술트 대로 20번지로 다시 돌아왔다. 나는 건물 전면부 출입문을 넘어섰다. 왼쪽 관리인실의 문손잡이에 작은 팻말이 걸려 있었다. 거기에는 이렇게 적혀 있었다. "술트 대로 16번지 주유소에 문의해주십시오."

주유소의 급유 펌프 앞에 두 남자가 이야기를 하고 있었다. 한쪽은 푸른색 작업복 차림이고 다른 한쪽은 흰 셔츠에 회색 바지를 입고 있었다. 전자는 카빌리아* 사람인 것 같아 보였고 후자는 뒤로 넘긴 흰머리, 푸른색 눈에 불쾌한 얼굴이었다. 그는 칠

십대로 보였고 카빌리아인은 그보다 한 이십 년 아래로 보였다.

"어떻게 오셨죠?"

내게 질문을 한 쪽은 푸른 작업복 차림의 카빌리아인이었다.

"20번지 관리인을 찾는데요."

"나예요."

흰머리의 남자가 담배를 입가에 문 채 머리를 아주 짧게 까딱하며 내게 인사를 했다.

"그저 뭐 한 가지 여쭤볼 게 있어서요…… 리고 씨에 대해서……"

그는 잠시 생각을 해보는 것 같았다.

"리고요? 그 사람을 찾는 까닭이 정확하게 뭔가요?"

그는 팔을 엉거주춤 쳐든 채 담배를 손가락 사이에 끼고 있었다.

"그를 만났으면 해서요."

나를 빤히 쳐다보는 그의 시선이 나를 불편하게 했다. 카빌리아인 역시 나를 호기심 어린 시선으로 쳐다보았다.

"그 사람 여기 살지 않은 지 아주 오래됐는데요……"

그는 마치 어딘가 좀 모자란 사람을 상대하듯 내게 너그러운 미소를 보냈다.

"그 집이 빈 지 적어도 삼십 년은 되었을걸…… 그 리고 씨라

---

* 알제리 북부 산악지대의 역사·민족·언어학적 지역.

는 사람이 아직 살아 있는지조차 잘 모르겠는걸……"

푸른 작업복 차림의 카빌리아인은 리고가 어떻게 되었는지에는 완전히 무관심한 듯했다. 예의상 우리가 주고받는 말에 귀를 기울이지 않고 있는 체하는지 모르지만.

"더군다나 나로선 알고 싶지도 않고요…… 내가 느끼기에 그 집은 마치 내 것 같은걸요…… 열쇠도 내가 가지고 있고 청소도 내가 하고……"

"당신은 그럼 리고 씨를 알았었나요?" 나는 가슴 두근거리며 물었다.

"네…… 내가 언제부터 여기서 관리인 노릇을 해왔는지 아세요?"

그는 카빌리아인과 나를 번갈아 빤히 쳐다보면서 상체를 약간 내밀었다.

"어디 한번 숫자를 대보세요……"

카빌리아인이 어깨를 으쓱했다. 나는 아무 말도 하지 않았다.

그가 다가와서 거의 내 몸에 닿을 정도가 되었다.

"내가 몇 살쯤 먹어 보여요?"

그는 여전히 상체를 내민 채로 내 눈을 뚫어져라 노려보았다.

"숫자를 한번 대봐요……"

"예순 살요."

"내 나이가 일흔다섯이오, 선생."

이렇게 나이를 밝힌 다음 그는 반응이 어떤지 확인하려는 듯 우리에게서 물러섰다. 그러나 카빌리아인은 아무 말이 없었다. 하는 수 없이 내가 입을 열었다.

"정말이지 그보다 훨씬 젊어 보이시는데요…… 그럼 리고 씨를 알게 된 건 언제였나요?"

"1942년에요."

"그가 여기 혼자 살았나요?"

"아니지, 어떤 젊은 여자랑."

"집안을 한번 둘러봤으면 좋겠는데요."

"관심 있어요?"

"이거 정말 우연의 일치네요. 난 리고 씨라는 사람이 여기 아파트에 세들어 살고 있는 줄 알았어요…… 신문에 난 광고에서 이름과 주소를 잘못 읽은 게 분명해요."

"이 동네에서 세들 집을 구하고 있는 거예요?"

"네."

"그럼 리고의 집에 관심 있어요?"

"물론이죠."

"2월까지도 가능해요? 그보다 더 짧은 기간 동안은 안 되겠는데…… 난 항상 최소한 반년 단위로 세를 놓거든요……"

"그럼 2월까지요."

"집세를 중개인 없이 직접 내게 지불할 수 있겠어요?"

"좋아요."

카빌리아인은 내게 담뱃갑을 내밀어 권하고는 그중 한 개비에 불을 붙였다. 그는 멍하니 우리가 주고받는 대화를 듣고 있었다. 아마도 그는 오래전부터 리고의 아파트 집세에 대한 이런 식의 대화에 익숙해진 것 같았다.

"물론 현찰을 원해요…… 얼마를 낼 수 있겠어요?"

"원하시는 만큼요." 내가 그에게 말했다.

그가 눈을 찌푸렸다. 두 손으로 자신의 셔츠 목깃을 꽉 조이며 말했다.

"숫자를 한번 대봐요……"

*

그 집은 대로 쪽 건물 삼층에 있었고 창문들은 술트 대로 쪽으로 나 있었다. 복도를 따라가면 한구석에 샤워 시설을 갖추어놓은 주방으로 통했고 그다음에는 철제 덧문들이 닫혀 있는 작은 빈방, 그리고 끝으로 안방이라고 할 수 있는 상당히 널찍한 방이 있었는데 난간에 구리로 된 침대 살이 달린 두 개의 트윈 침대가 딱 붙어 놓여 있었다. 맞은편 벽에는 거울 달린 옷장이 있었다.

관리인이 현관문을 닫았고 나는 다시 혼자가 되었다. 그는 나중에 다시 와서 기름 램프를 하나 가져다주기로 약속했다. 오래전부터 전기가 끊어져 있었던 것이다. 전화도 마찬가지였다. 그러나 그가 최대한 빠른 시일 안에 복구시켜주겠다고 했다.

더위로 숨이 막힐 지경이어서 나는 창문을 열었다. 대로의 자동차 소리와 방을 비추는 햇살이 이 아파트를 현재 속으로 던져 넣었다. 나는 창가에 팔꿈치를 기댔다. 저 아래 자동차와 트럭들이 붉은 신호등 앞에 멈춰 있었다. 리고와 잉그리드가 살았던 때와는 다른 술트 대로. 그러면서도 인적이 없는 여름날 저녁이나 일요일이면 같은 모습이었다. 그렇다, 쥐앙레팽으로 떠나기 전 그들이 여기서 한동안 살았었다는 것을 나는 확신할 수 있었다. 잉그리드는 내가 지난번 파리에서 따로 만났을 때 그에 대한 암시를 했었다. 우리는 그 당시 내가 자주 오가던—그리고 그녀는 내게 어디에서 살고 있느냐고 물었던 것 같다—그 변두리 동네들에 대해 이야기했고, 그녀는 자기도 그 동네들을 잘 알고 있다고 내게 말했었다. 뷔트쇼몽 근처에 있는 라틀라스 길에서 아버지와 함께 살았던 적이 있기 때문이었다. 그뿐 아니라 리고와 함께 어느 조그만 아파트에서도 살았었다고 했다. 그녀는 주소를 잘못 알고 있었다. 그녀는 나에게 술트 대로라고 하지 않고 다부

대로라고 말했었다.

나는 옷장 문을 차례로 열어보았지만 안에는 옷걸이 몇 개뿐 아무것도 없었다. 거울들에 반사되는 햇빛 때문에 눈이 깜빡깜빡했다. 여기저기 베이지색 페인트가 들고 일어나는 벽에는 아무것도 없고 전에 무슨 그림이나 거울이 걸려 있었음을 말해주는 자국이 침대 위쪽에 보일 뿐이었다. 침대 양쪽에는 호텔 객실들에서처럼 대리석 판이 덮인 나이트 테이블. 커튼은 짙은 와인색깔이었다.

나는 나이트 테이블 중 하나의 서랍을 열어보려고 했는데 통 열리질 않았다. 시테 베롱의 아파트 열쇠로 자물쇠를 부수고서야 겨우 열 수 있었다. 서랍 속에는 오래된 갈색 봉투가 하나. 우표에는 프랑스 정부 스탬프가 찍혀 있었다. 수취인 주소는 푸른색 잉크로 파리 8구 틸지트 길 3번지 리고 씨 앞으로 기재되어 있었지만 줄을 그어 그 주소를 지우고 검은 잉크로 파리 12구 술트 대로 20번지로 정정해서 적어놓았다. 봉투 안에는 한쪽 면에 타이프로 친 종이가 들어 있었다.

1942년 1월 18일

세입자 제위께 고지함

현재 임대용 주택으로 사용중인, 틸지트 길 3번지 쪽으로 출입구가 나 있는 에투알 광장의 사저는 가까운 시일 내에 공매될 예정임.

보다 자세한 정보를 원하는 세입자들은 파리 말제르브 대로 78번지 소송대리인 변호사 지리, 파리, 라 방크 길 9번지 국유지 관리국에 문의하시기 바람.

나는 또다시 어떤 꿈속에 있는 것 같은 느낌이었다. 나는 봉투를 만져보고 주소를 다시 읽어보고 리고라는 성에 눈을 박고 한참 동안 가만히 앉아 있었다. 글자들은 그대로 변함이 없었다. 그러고 나서 나는 창가로 가서 자동차들이 여전히 술트 대로를 따라 지나가는지, 오늘의 자동차들이고 대로인지 확인해보았다. 문득 아네트에게 전화를 걸어 그녀의 목소리를 들어보고 싶었다. 수화기를 집어들려는 순간 나는 선이 끊어져 있다는 것을 기억했다.

똑같은 타탄체크무늬 모포가 각각의 트윈 베드를 덮고 있었다. 나는 둘 중 한 침대의 끝에 창을 바라보며 앉았다. 손에는 봉투를 쥔 채였다. 그렇다, 그건 잉그리드가 내게 이야기해준 그것이었다. 그렇지만 흔히 우리는 누군가가 이야기해주었던 장소들과 상황들을 꿈꾸고 거기에 다른 자질구레한 것들을 보탠다. 이 봉투도 그렇다. 이 봉투도 실제로 있었던 것일까? 아니면 내 꿈의 일부인 물건에 불과한 것일까? 어쨌든 틸지트 길 3번지는 리고의 어머니의 집주소였고 리고가 잉그리드를 알게 되었을 때 한동안 살았던 장소였다. 잉그리드는 리고가 혼자서 몇 주일 동안 더 살고 있었던 그 아파트로 그녀를 데리고 갔을 때의 놀라움을, 그리고 옛날 가구, 발소리를 흡수하는 양탄자, 그림, 샹들리에, 벽의 마감재, 실크 커튼, 그리고 겨울 정원 등등이 그녀에게 느끼게 해주었던 안전감 같은 것에 대하여 내게 이야기해준 바 있다.

그들은 거실에서 불을 켜지 않았다. 야간 통행금지령 때문이었다. 그들은 한참 동안 발코니로 난 문을 겸한 창문 앞에서 밤의 어둠보다 더 짙은 개선문의 커다란 반점, 그리고 눈에 덮여서 인광燐光을 발하는 듯한 광장을 물끄러미 바라보고 있었다.

*

"잠이 들었었나요?"

다가오는 소리를 듣지도 못했는데 그가 한 손에 기름 램프를 들고 방안으로 들어왔다. 해는 졌고 나는 침대에 누워 있었다.

그가 램프를 나이트 테이블 위에 내려놓았다.

"그새 이사를 온 겁니까?"

"아직 잘 모르겠어요."

"원하신다면 침대 시트를 한 세트 가져다드리지요."

램프가 벽에 그림자를 던졌다. 내가 혼자였다면 나는 내 꿈이 계속되고 있다고 생각했을 것이다. 그러나 그 남자의 존재가 내겐 아주 현실적으로 느껴졌다. 그리고 그의 목소리가 아주 분명하게 울렸다. 나는 자리에서 일어났다.

"담요는 벌써 여기 있고……"

그는 나에게 침대들을 덮고 있는 체크무늬 모포를 가리켜 보였다.

"리고 씨 것이었나요?" 내가 물었다.

"물론이죠. 침대들과 옷장 외에 그게 유일하게 남은 것이죠."

"그럼 그이는 여기서 어떤 여자와 같이 살았나요?"

"네, 내 기억으로는 파리에 첫 폭격이 있었을 때 여기 살고 있었지 아마…… 둘 다 지하실로 내려가려고 하질 않았어요……"

그가 내 옆 창가로 와서 팔꿈치를 기댔다. 술트 대로에는 인적이 없었고 미풍이 불었다.

"다음주 초면 전화가 될 거예요…… 다행히 수도는 끊어지지 않았어요. 그리고 내가 주방의 샤워 시설을 수리시켜놓았죠."

"아파트를 당신이 관리하세요?"

"네. 용돈을 좀 벌 생각으로 이따금 아파트를 세놓고 있지요."

그는 담배를 한 모금 길게 빨아들였다.

"그런데 리고 씨가 돌아오면요?" 내가 물었다.

그는 생각에 잠겨서 저 아래 대로를 가만히 내려다보았다.

"전쟁이 끝난 뒤에 그이들은 남프랑스에 가서 살았던 것 같아요…… 파리에는 거의 오지 않았지요…… 그러고 나서 여자가 그를 떠난 게 분명해요…… 그는 혼자가 되었지요…… 십여 년 동안 나는 그이를 이따금 보았어요. 여기 와서 머물곤 했어요…… 우편물을 찾으러 오곤 했고…… 그러다가 그후 다시는 못 봤어요…… 그가 다시 돌아오지는 않을 것 같아요."

그 마지막 한마디를 입 밖에 낼 때의 무거운 어조가 나를 놀라게 했다. 그는 저쪽, 대로의 건너편 어느 한 점을 뚫어지게 바라보았다.

"사람들은 더이상 돌아오지 않아요. 그거 못 느꼈나요, 선생?"

"맞아요."

나는 그에게 그게 무슨 말이냐고 물어보고 싶었다. 그러나 마음을 바꾸었다.

"그런데 참, 침대 시트가 필요하지 않겠어요?"

"아직 여기서 밤을 지내지는 않겠어요. 내 짐이 전부 다 도드 호텔에 있어서요."

"내일 이삿짐을 나를 사람이 필요하다면 우리가 하지요, 나와 내 친구 정비공 말입니다."

"짐이랄 게 거의 없어요."

"샤워 시설은 잘 가동돼요. 하지만 비누가 없네요. 잠시 후에 올려다줄 수 있어요, 치약도요."

"아뇨, 호텔에 가서 하룻밤 더 자겠어요……"

"좋을 대로 하세요. 당신에게 열쇠를 드려야겠군요."

그가 바지 주머니에서 조그만 노란색 열쇠를 꺼내서 내게 건넸다.

"잃어버리지 마세요."

그것은 오래전에 잉그리드와 리고가 사용하던 바로 그 열쇠일까?

"자 그럼 이제 그만 가볼게요. 내 친구를 도와서 주유소 당번을 서야 되거든요. 내가 필요하면 그리 오시면 돼요……"

그는 무뚝뚝한 태도로 악수를 했다.

"램프를 두고 갈게요. 따라 나올 것 없어요. 어둠 속에서도 길을 잘 찾으니까요."

그가 나서며 등뒤로 방문을 부드럽게 닫았다. 나는 창밖으로 몸을 굽혔다. 그가 건물 밖으로 나가서 느리고 조용한 걸음으로 주유소를 향해 가는 모습이 보였다. 아까 나는 그가 얇고 부드러운 신발을 신고 있는 것을 보았었다. 그의 흰 셔츠와 베이지색 바지가 그 밤 풍경에 해수욕장 같은 분위기를 더했다.

그는 푸른색 작업복 차림의 카빌리아인에게로 갔고 그들은 급유 펌프 가까이에 있는 의자에 앉았다. 그리고 그들은 조용히 담배를 피웠을 것이다. 나도 담배를 피웠다. 나는 기름 램프를 껐다. 그러자 내 담배의 불그레한 끝부분이 옷장의 거울에 반사되었다.

의자들을 길가에 내놓고 시원한 바깥바람을 쐬는 오늘 저녁 같은 아름다운 저녁들이 또 있을 것이다. 첫번째 낙엽들이 떨어지기 전에 나는 이 유예의 순간을 즐겨야 했다.

*

내가 잉그리드를 마지막으로 만난 것은 일 년 중 같은 무렵인 7월 말의 어느 저녁이었다. 나는 앵발리드역으로 카바노를 배웅하러 나갔었다. 그가 먼저 비행기를 타고 브라질로 떠나면 나는 한 달 후 그곳에서 합류하기로 되어 있었다. 우리는 탐험가로서의 일을 이제 시작하는 단계였는데, 내가 장차 어느 날 똑같이 브라질로 떠나는 척하고 파리 12구의 어떤 호텔로 와서 숨어 지내게 되리라고는 당시의 나는 결코 예상하지 못했을 것이다.

그는 오를리 공항으로 떠나는 버스에 올랐고, 나는 저녁나절을 무얼 하고 지내야 할지 잘 알지 못한 채 혼자 남았다. 아네트는 코펜하겐에 있는 그녀의 부모 집에서 며칠을 보내고 있었다. 그 무렵 우리는 몽마르트르에 있는 탐험가 클럽 커다란 집의 방 한 칸에 살았다. 나는 당장에 그곳으로 돌아가고 싶지 않았다. 아직 날이 훤했던 것이다.

나는 내가 잘 알지 못하는 동네를 발길 가는 대로 걸었다. 눈을 감고 그때 내가 걸었던 길을 마음속으로 다시 걸어본다. 나는 레스플라나드를 건너질러 앵발리드를 끼고 돌아, 지금 생각해보면 지난 일요일의 술트 대로보다도 더 인적이 없는 것 같은 지역에 이르렀다. 그 그늘진 널따란 대로들. 넘어가는 저녁 햇살이 건물들의 꼭대기에 내려앉아 있었다.

누군가가 내 십여 미터 전방에 걸어간다. 사관학교 주위로 난 그 큰 길의 인도에 다른 사람은 아무도 없다. 건물의 벽들 때문에 그 구역이 아주 멀고 아주 옛날의 어떤 군 주둔 도시의 모습을 연상시키는데, 그런 곳을 가로지르며 그 여자의 실루엣이 마치 술에 취하기라도 한 것처럼 멈칫거리는 걸음으로 나아가고 있다.

나는 그 여자를 따라잡아 그녀와 나란한 위치에 이르렀을 때 슬쩍 곁눈질하여 그녀를 바라보았다. 나는 그녀를 금방 알아보았다. 그들을, 그러니까 그녀와 리고를 내가 남프랑스에서 처음 만난 것은 꼭 삼 년 전이었다…… 그녀는 내게 전혀 관심을 보이지 않았다. 그녀는 여전히 멍한 시선, 불안정한 걸음을 옮기고 있어서 그녀가 정말 자신이 어디로 가고 있는지 알기나 하는가 싶었다. 어쩌면 그녀는 그 동네에서 길을 잃고 하나같이 비슷비슷한 직선 대로들을 따라가며 무슨 표적, 택시, 아니면 지하철역을 헛되이 찾고 있는지도 몰랐다.

나는 그녀에게 다가갔다. 그러나 그녀는 아직 나의 존재를 알아차리지 못했다. 내가 그녀에게 말을 건네보지도 못한 채 우리는 잠시 동안 나란히 걸었다. 마침내 그녀가 나를 돌아보았다.

“우리 서로 아는 사이인 것 같은데요.” 내가 말했다.

나는 그녀가 애를 쓰고 있다는 것을 느꼈다. 그것은 자다가 전화벨 소리에 잠이 깼을 때 상대방이 알아들을 수 있도록 분명하게 말을 하려고 할 경우에 필요한 그런 종류의 노력이었다.

“우리가 서로 아는 사이라고요?”

그녀는 눈살을 찌푸리면서 그 회색 눈으로 나를 쳐다보았다.

“생라파엘로 가는 길에서 저를 차에 태워주신 적이 있잖아요…… 제가 히치하이킹을 하고 있었을 때요……”

“생라파엘로 가는 길요……?”

그녀는 마치 저 깊은 심연에서 조금씩 조금씩 표면으로 올라오고 있는 것 같았다.

"그래 맞아요…… 생각나요……"

"저를 팡플론 해변 옆에 있는 당신네 빌라로 데리고 가셨었어요."

나는 그녀가 다시 단단한 땅을 밟고 서도록 도와주고 있는 느낌이었다. 그녀가 가벼운 미소를 지었다.

"그래 맞아요…… 아주 오래전 일은 아니네요……"

"삼 년 전이죠."

"삼 년 전…… 그렇게 오래전은 아닌 것 같은 느낌인데요……"

우리는 인도 한가운데서 서로 마주보고 가만 서 있었다. 나는 그녀를 붙잡아둘 말을 찾고 있었다. 그녀는 내게 예의상의 인사를 건네고 나서 가던 길을 계속 가려 했다. 침묵을 깬 것은 그녀였다.

"그런데 당신은 7월인데 파리에 남아 있는 거예요? 바캉스 안 가요?"

"아뇨."

"이젠 더이상 히치하이킹 안 해요?"

그녀의 눈에 비꼬는 듯한 기색이 비쳤다.

"여기서 히치하이킹을 했다간 받아줄 손님이 많지 않겠네요……"

그녀는 우리 앞의 대로를 가리켜 보였다.

"인적이 없으니……"

나는 아마도 그녀가 여러 날 만에 말을 건 첫번째 인물이었을 것이다. 그리고 이십 년을 사이에 두고 생각해보면 그녀는 당시 그날 저녁 술트 대로에서의 나와 똑같은 상황에 처해 있었던 것 같다.

"어쩌면 내가 이 사막을 건너도록 당신이 도와줄 수 있을지도 모르겠네요." 그녀가 내게 말했다.

그녀는 내게 미소를 짓더니 아까보다는 좀더 힘있는 걸음으로 걸어갔다.

"남편분은 어떻게 지내시나요?"

그 말을 입 밖에 내자마자 그게 망측한 말같이 느껴졌다.

"여행중이에요……"

그녀는 무뚝뚝한 어조로 대답을 했고, 나는 그 문제는 더이상 건드리지 말아야 한다는 것을 깨달았다.

"난 남프랑스를 떠났어요…… 몇 달 전부터 이 동네에 살고 있어요……"

그녀는 내게로 얼굴을 들었고 나는 그녀의 회색 눈에서 어딘가 불안한 눈빛을 읽었다. 그리고 또 나에 대한 친절과 호기심이 느껴졌다.

"그런데 당신은요? 이 동네를 알아요?"

"잘은 몰라요."

"그렇다면 우린 같은 입장이네요."

"여기서 아주 가까운 데 사세요?"

"네, 커다란 사무실 건물 맨 꼭대기 층에요…… 전망은 좋은데 집안에 너무 침묵만 가득해서……"

나는 아무 말도 하지 않고 가만히 있었다. 저녁이 내리고 있었다.

"내가 당신을 붙잡아두고 있네요…… 아마도 무슨 할 일이 있었을 텐데요……?"

"아뇨."

"우리집으로 초대하고 싶지만 집에 먹을 게 아무것도 없네요."

그녀가 망설였다. 그리고 눈썹을 찡그렸다.

"혹시 열려 있는 카페나 식당을 찾아볼 수 있을 것 같은데……"

그리고 그녀는 눈앞의 텅 빈 대로와 끝없이 늘어선 가로수들을 똑바로 바라보았다. 해가 막 지고 난 뒤라 가로수 잎들이 어두운색으로 변해 있었다.

*

여러 해가 지난 뒤, 카바노는 이 동네에 아주 작은 아파트를 세내어 지금까지도 거기서 살고 있다. 오늘 저녁 아마도 거기 아네트와 함께 있을 것이다. 흑인 가면과 오세아니아 가면들로 빼곡히 들어찬 두 개의 작은 방은 더울 것이고 아네트는 잠시 바람을 쐬러 밖으로 나온다. 그녀는 뒤켄 대로를 따라 걷는다. 그녀가 내 생각을 하고 잉그리드와 리고가 폭격이 난무하던 시절에 살았던 거기, 도레 시문께로 나를 만나러 오고 싶은 유혹을 느끼는 것은 불가능한 일이 아니다. 이런 식으로 우리는 항상 서로 다른 시간에 같은 장소에서 거닐고 여러 해의 시간적 거리에도 불구하고, 우리는 결국 서로 만나고 마는 것이다.

장차 카바노가 살게 될 아파트에서 약 백 미터 정도 되는 로벤달 대로변에 식당이 하나 열려 있었다. 그때 이후 나는 그 식당 앞을 자주 지나갔고, 카바노 때문에 이 동네가 익숙해진 나는 그날 저녁 잉그리드 옆에서 파리가 아닌 어떤 다른 도시에, 이름을 알 수 없는 어떤 도시에 와 있는 것처럼 느꼈던 그때의 감정을 매번 다시 느끼곤 했다.

*

"여기가 썩 좋을 것 같네요……"

그녀는 손짓으로 내게 어떤 테이블을 가리켜 보였다. 그 손짓이 퍽 권위적이어서 놀랐다. 나는 인도 위에 홀로 서서 멈칫거리던 그녀의 뒷모습을 머리에 떠올렸다.

어떤 호텔의 식당이었다. 한 무리의 일본인들이 짐 가방들을 가지고 프런트의 복도 한가운데서 빳빳이 굳은 자세로 기다리고 있었다. 실내장식은 과감할 정도로 현대적이었다. 검은색 래커 칠을 한 벽, 유리 테이블, 긴 가죽 의자, 천장에서 빛을 발하는 간접조명등 따위가 그랬다. 우리는 마주앉았고 그녀가 앉은 긴 의자 뒤에는 인광을 발하는 물고기들이 커다란 수족관에서 빙빙 돌고 있었다.

그녀가 메뉴를 살펴보았다.

"영양 섭취를 좀 해야 돼요…… 당신 나이에는 힘을 낼 필요가 있거든요……"

"당신도 마찬가지죠……" 내가 말했다.

"아뇨…… 난 배 안 고파요."

그녀가 나를 위해서 앙트레와 주요리를, 그리고 그녀 걸로는 그린 샐러드를 주문했다.

"뭘 좀 마시겠어요?" 그녀가 물었다.

"아뇨."

"술 안 마셔요? 그럼 나는 술을 좀 마셔도 될까요?"

그녀는 마치 내가 그걸 허락하지 않기라도 할까봐 불안한 시선을 던졌다.

"그러세요." 내가 대답했다.

그녀가 웨이터 쪽으로 고개를 들었다.

"그럼…… 맥주 한 잔……"

마치 그녀가 갑자기 뭔가 부끄럽거나 금지된 것을 결심이라도 한 것만 같았다.

"그러면 위스키나 다른 술을 마시는 걸 피할 수 있어서요…… 맥주를 조금만 마시는 거예요."

그녀는 억지로 미소를 지어 보였다. 나는 그녀가 내 앞에서 좀 어색해한다고 느꼈다.

"당신은 어떻게 생각하는지 모르겠네요." 그녀가 말했다. "그런데 난 항상 그게 여성을 위한 음료가 아니라고 생각했어요……"

이번에는 그녀의 시선이 불안을 넘어 비탄을 나타내고 있었다. 그걸 보고 나는 너무나 놀란 나머지 용기를 북돋워줄 만한 말을 찾아낼 수가 없었다. 결국 나는 이렇게 말했다.

"그건 잘못 생각하신 것 같아요…… 나는 맥주를 마시는 여자들을 많이 알아요."

"아 그래요? 그런 여자들을 많이 안다고요?"

그녀의 비꼬는 듯한 미소와 시선이 나를 안심시켰다. 잠시 전 대로변의 인도에서 뜻하지 않게 문득 그녀를 보았을 때 나는 그녀가 코트다쥐르의 그 여자와 동일 인물인지 의문이 들었었다. 하지만 아니었다. 그녀는 삼 년 동안에 정말로 변한 것은 아니었다.

"그래 무슨 멋진 일을 하면서 사는지 어디 한번 얘기해봐요……" 그녀가 말했다.

그녀 앞으로 샐러드와 맥주가 나왔다. 그녀는 맥주를 몇 모금 마셨지만 샐러드는 손도 대지 않은 채였다. 나는 그녀의 아파트에서 똑같은 음식과 똑같은 맥주잔을 앞에 놓고, 그 당시로서는 아직 알지 못했던, 그러나 지금은 이토록 익숙한 침묵 속에 혼자 앉아 있는 그녀를 상상해보았다.

*

나는 그녀에게 내가 하고 있는 '멋진' 일에 대해서 별로 이야기하지 않았다. 탐험가로서의 나의 소명과 앞으로 예정된 브라질 여행에 대해서만 살짝 암시하는 정도로 그쳤다. 그녀도 리우데자네이루에서 며칠을 지낸 적이 있다고 말했다. 당시 그녀는 지금 나와 같은 나이였을 것이다. 그리고 미국에 살고 있었다.

나는 그녀에게 여러 가지 질문을 했다. 그런데 지금도 나는 그녀가 그 질문들에 왜 그토록 자세하게 대답을 했는지 의문이다. 나는 그녀가 자기 자신에 대한 자기만족감도, 자신에 대한 이야기를 늘어놓는 특별한 취미 같은 것도 전혀 없다는 것을 충분히 느끼고 있었다. 그녀는 자신의 이야기에 내가 흥미를 느끼고 있음을 알아차렸고 그녀가 내게 여러 차례 말했듯이 "그녀는 내 저녁시간을 뺏고 싶지 않았다."

어느 날 저녁, 어떤 사람이 흥미롭다는 듯 던지는 시선 때문에 우리는 그 사람에게 자신의 경험이라기보다는 그저 그렇고 그런 두서없는 자질구레한 몇 가지 일들을, 이야기하고 싶어질 때가 더러 있다. 금방이라도 끊어져버릴 것 같은 보이지 않는 실로 연결된, 사람들이 흔히 인생 행로라고 부르는 일들을 말이다.

*

그녀가 말을 하고 있는 동안 그녀 뒤쪽의 물고기들이 이따금 수족관 유리에 머리를 갖다 대곤 했다. 그러다가 물고기들은 조그만 투광기가 빛을 밝히는 푸른 물속에서 지칠 줄 모른 채 빙빙 돌았다. 시간이 매우 늦었으니 이제 그만 나가달라는 뜻인지 천장의 간접조명들이 꺼졌다. 수족관의 불빛만이 남아 있었다.

새벽 한시경, 대로변의 인도에는 침묵이 너무나 깊어서 나무의 잎사귀들이 밤 호흡을 하는 소리가 살랑살랑 들렸다. 그녀가 내 팔을 잡았다.

"우리집까지 좀 바래다줘요……"

이번에는 그녀가 기댈 데를 찾고 있었다. 내가 생전 처음으로 누군가의 보호를 받고 있다는 느낌을 맛보았던, 그 성채 길을 내려가던 그날 저녁과는 더이상 같지 않았다. 그렇지만 몇 발짝 걸어간 다음 또다시 나를 인도하는 것은 그녀였다.

우리는 커다란 유리창들이 어둠에 잠겨 있는 어떤 건물 앞에 이르렀다. 그중 맨 꼭대기 층 오직 창문 두 개만 빛나고 있었다.

"나는 언제나 불을 켜둬요. 그래야 더 안심이 되거든요." 그녀가 말했다.

그녀는 미소를 지었다. 긴장이 좀 풀린 것이었다. 그러나 어쩌면 그녀는 그저 나를 안심시키려고 문제를 별것 아닌 것으로 여기는 체하는 것인지도 모른다. 대로 위 이 부분에는 나무들이 심어져 있지 않았다. 대신 그녀가 살고 있는 건물과 비슷한, 창문들에 전부 불이 꺼진 건물들이 늘어서 있었다. 내가 카바노의 집을 찾아가곤 할 때면 그 앞을 지나지 않을 수 없었다. 나는 더이상 파리에 살고 있지 않았고 그 대로는 어디로도 데려가지 않았다. 아니, 그 대로는 그냥 미지의 세계로 가는 통과 지역이었다.

"당신에게 내 전화번호를 알려줘야겠어요……" 그녀는 핸드백을 뒤져보았다. 그러나 만년필이 없었다.

"말로 알려주세요…… 기억해두겠어요……"

나는 몽마르트르에 있는 탐험가 클럽의 집 내 방으로 돌아와서 그 번호를 적어두었다. 며칠이 지난 뒤 나는 그녀에게 여러 번 전화를 걸어보았다. 아무도 전화를 받지 않았다. 결국 나는 내가 전화번호를 정확하게 외우지 못했다고 생각하게 되었다.

대문을 열고 들어가려다 말고—대문은 검은색 철제문으로 불투명 유리가 끼워져 있었다—그녀는 몸을 돌렸고 그녀의 회색 눈동자가 내 위에 내려앉았다. 그녀는 천천히 팔을 들어 마치 마지막으로 어떤 접촉을 구하려는 듯 손가락 끝으로 내 관자놀이와 뺨을 스치듯 어루만졌다. 이윽고 그녀는 팔을 늘어뜨렸고 그녀의 등뒤로 다시 문이 닫혔다. 갑자기 떨어지는 그 팔과 닫히는 문의 금속성은 나로 하여금 더이상 진심이 담기지 않은 순간이 삶 속으로 오고 있다는 예감을 갖게 했다.

나는 나이트 테이블에 놓인 기름 램프를 집어들고 또다시 거울 달린 옷장 안을 자세히 살펴보았다. 아무것도 없었다. 나는 틸지트 길 3번지 리고 앞으로 보냈다가 술트 대로 20번지로 다시 전해진 편지 봉투를 주머니에 집어넣었다. 그런 다음 램프를 다시 들고 복도를 따라가다가 집안의 다른 방으로 들어갔다.

나는 금속제 덧문을 열었다. 문짝들이 녹이 슬어서 밀어젖히기가 여간 힘든 것이 아니었다. 기름 램프의 불빛이 더이상 필요하지 않았다. 창문 바로 앞에 있는 가로등이 그 흰빛을 방안 가득 던져주고 있었던 것이다.

왼쪽에는 작은 벽장이 있었다. 맨 위 선반은 비어 있었다. 벽장 안쪽에는 구식 모델의 스키 한 쌍이 기대서 있었다. 바닥에는 두꺼운 마분지로 만든 트렁크가 하나. 그 속에는 스키 부츠 한 켤레와 어떤 잡지책에서 찢어낸 종잇장 한 장이 들어 있었다. 잡지 페이지에는 몇 가지 사진들이 보였다. 나는 그 광택지를 집어 들고 가로등 불빛 쪽으로 가서 사진들 주위에 있는 글을 읽어보았다.

므제브에는 사람이 없지 않았다. 어떤 젊은이들에게는 그들의 군대 생활 속의 휴식, 다른 젊은이들에게는 부대로 돌아가기 전 마지막 바캉스.

그중 두 컷의 사진에서 나는 스무 살 적의 리고를 알아보았다. 하나는 스키 폴을 짚고 슬로프의 출발점에 서 있는 모습을, 다른 하나는 어떤 부인과 커다란 선글라스를 쓴 남자와 함께 샬레의 발코니에 서 있는 모습이었다. 두번째 사진 밑에는 이렇게 적혀 있었다. 에두아르 부르데 부인, 1939년 대학 스키 챔피언 P. 리고, 그리고 앤디 엠비리코스. 에두아르 부르데 부인의 얼굴에는 연필로 수염이 그려져 있었는데 내 생각에 수염을 그려넣은 것은 분명 리고 자신이었던 것 같았다.

나는 틸지트 길에 있는 그의 집에서 술트 대로로 스키, 스키 부츠, 그리고 그 '이상한 전쟁'* 시절의 럭셔리 잡지에서 뜯어

* 2차세계대전을 가리킨다. 전쟁 초기 전선의 평온한 분위기에서 유래한 표현.

낸 종잇장을 옮겨온 그를 상상해보았다. 어느 날 저녁, 잉그리드와 함께 피신해 든 이 방에서—파리에 첫 공습이 있던 그날 저녁, 두 사람 중 어느 쪽도 지하실로 내려가지 않았다—그는 분명 오래전의 삶이, 즐거웠던 그의 젊은 날의 삶이 남긴 유물들인 양 이 소도구들을 망연자실하여 바라보고 있었을 것이다. 그가 자랐던 세상, 스무 살까지 그의 것이었던 세상이 그에게는 이제 너무나 멀고 너무나도 가소롭게만 보여서 그는 공습이 끝나기를 기다리면서 무심히 연필을 움직여 그 부르데 부인 얼굴에 수염을 그려넣었던 것이다.

*

아파트의 문을 다시 닫기 전에 나는 관리인이 내게 주었던 노란 열쇠가 여전히 주머니에 들어 있는지 확인해보았다. 그리고 나는 계단을 따라 내려갔다. 계단이 어둑했다. 타임스위치를 찾지 못했기 때문이었다.

밖으로 나서니 대로상에는 밤이 평소보다 조금 더 서늘했다. 주유소에는 푸른색 작업복을 입은 카빌리아인이 의자에 앉아서 담배를 피우고 있었다. 그는 팔을 들어 내게 인사를 했다.

"혼자 있어요?" 내가 물었다.

"그 사람은 자러 갔어요. 잠시 후에 나와 교대할 거예요."

"당신은 밤새도록 일해요?"

"밤새도록요."

"여름에도요?"

"네. 난 상관없어요. 난 자는 것 별로 안 좋아해요."

"내 도움이 필요하다면 당신 원할 때 대신 봐줄 수 있어요. 이제 이 동네로 와 살게 되었는데 난 달리 할 일이 없거든요."

나는 그의 맞은편 의자에 앉았다.

"커피 좀 마실래요?" 그가 말했다.

"좋지요."

그가 주유소 사무실로 들어가더니 커피 두 잔을 가지고 나왔다.

"설탕 한 개 넣었어요. 괜찮아요?"

우리는 이제 각자 의자에 앉아서 커피를 홀짝홀짝 마셨다.

"아파트가 맘에 들어요?"

"아주 맘에 들어요." 내가 말했다.

"나도 이 동네에서 단칸방을 하나 얻기 전에 석 달 동안 내 친구한테서 그 아파트를 세 얻어 지냈어요."

"그럼 그때도 아파트가 지금처럼 비어 있었나요?"

"남은 거라곤 벽장 안에 있는 낡은 스키 한 켤레뿐이었어요."

"지금도 그대로 있어요." 내가 말했다. "그럼 당신 친구도 옛

주인이 어디 있는지 전혀 모르나요?"

"그 사람 아마도 죽었을걸요."

그가 커피잔을 자기 발밑 길 위에 내려놓았다.

"그가 만약 죽지 않았다면 그래도 소식을 전할 수 있을 테지요." 내가 말했다.

그는 어깨를 으쓱하며 내게 미소를 지었다. 우리는 한동안 아무 말 없이 가만히 앉아 있었다. 그는 생각에 잠긴 것 같았다.

"어쨌든 그 사람은 겨울 스포츠를 좋아했던 사람인 것 같아요……" 그가 말했다.

*

호텔로 돌아와서 나는 잉그리드의 삶에 대한 내 기록들이 담긴 파일을 열고 잡지에서 찢어낸 그 페이지와 리고 앞으로 보내진 봉투를 거기에 추가했다. 그렇다, 틸지트 길 3번지는 분명 폴리고 부인의 거주지였었다. 나는 오래된 전화번호부에서 확인해본 다음 그 주소를 종이에 기입해두었었다. 잉그리드가 리고와 틸지트 길에 살았던 그 며칠 동안 파리에는 눈이 내렸고 그들은 아파트에서 꼼짝도 하지 않았다. 그들은 거실의 큰 창문들을 통해서 주변의 광장과 대로들을 뒤덮고 또 온 도시를 침묵과 부드러움과 잠의 천으로 감싸고 있는 그 눈을 물끄러미 바라보았다.

*

나는 정오경에 잠이 깨었고 또다시 그날 하루가 끝나기 전에 아네트에게서 무슨 메시지나 전화가 오기를 바랐다. 나는 분수 광장 반대쪽의 카페로 가서 아침식사를 했다. 그리고 호텔로 다시 돌아와 호텔 주인에게 저녁까지 내 방에 있을 터이니 혹시 아내에게서 전화가 오면 잊지 말고 내 방으로 알려달라고 일렀다.

양쪽 창문짝을 잡아당겨 열었다. 눈부신 여름날이었다. 이제 앞서 여러 날 같은 폭염은 쏟아지지 않았다. 감독자들이 인솔하는 한 무리의 아이들이 옛 식민지 박물관 쪽으로 가고 있다. 그들은 아이스크림 장수 주위에서 걸음을 멈춘다. 분수의 물이 햇빛에 반짝인다. 나는 지금 몸담고 있는 이 평온한 7월의 오후로부터 잉그리드가 처음으로 리고를 만났던 아주 먼 그 겨울로 아무런 어려움 없이 옮겨간다. 계절들과 계절들 사이에, 과거와 현재 사이에 더이상 아무런 경계가 없다.

*

그것은 11월의 마지막 날들 중 어느 하루였다. 그녀는 평소와 다름없이 오후가 끝나갈 때 샤틀레 무용학교 수업을 마쳤다. 그녀는 그들이 초가을부터 들어 살고 있는 오르나노 대로의 호텔로 아버지를 찾아가려면 시간이 그다지 많지 않았다. 그날 저녁에는 전날 샹피오네 길에서 독일 군인들을 향한 테러가 있었기에 그 구역 전체 통행금지가 여섯시부터 시작되는 것이었다.

그녀는 그 전주 내내 같은 수업을 듣는 몇몇 친구들과 함께 〈빈 왈츠〉의 무대에 단역으로 출연하여 생전 처음으로 돈을 벌었다. 출연료 오십 프랑. 벌써 밤이 되었고 그녀는 지하철 입구 쪽으로 광장을 가로질렀다. 어째서 그날 저녁, 아버지를 만나야 한다고 생각하자 의기소침한 기분이 되었던 것일까? 지금까지 주강 박사는 그녀의 아버지를 자신의 오퇴유 병원에 고용하여 도와주었지만, 이젠 몽펠리에로 가서 개업했으므로 더이상 그럴 수가 없게 되었다. 그는 그녀의 아버지에게 자유지역인 몽펠리에로 와서 같이 일하자고 했지만 경계선을 몰래 넘어가야 하니…… 물론 박사는 그녀의 아버지를 오퇴유의 다른 병원들에 추천을 했지만 그 병원들은 주강 박사 같은 너그러움도 용기도 없었다. 유대인으로 분류된 오스트리아인이 자신들의 병원에서 몰래 일하고 있다는 사실이 발각될까봐 두려웠던 것이다.

그녀는 사람들이 꽉 끼인 채 가득 들어찬 지하철 객차 안에서 숨이 막힐 것만 같았다. 아마도 그날 저녁 여섯시의 통금 때문인 듯 평소보다 사람이 더 많았다. 스트라스부르생드니역에서 어찌나 많은 사람이 올라탔는지 더이상 문이 닫히지 않았다. 그녀는 〈빈 왈츠〉의 오십 프랑으로 자전거 택시를 탔어야 하는데 그랬다. 심지어 마차라도. 그랬더라면 오르나노 대로까지 가는 시간 동안, 그녀는 전쟁이 끝나 지금보다 더 행복한 어떤 시기에, 가령 〈빈 왈츠〉의 시대에 어떤 다른 도시를 건너질러가고 있다고 상상할 수 있었을 터인데 말이다.

*

그녀는 평소처럼 생플롱역에서 내리지 않고 바르베스로슈슈아르역에서 내렸다. 다섯시 반이었다. 호텔까지 바람을 쐬면서 걸어가는 편이 더 나을 것 같았다.

한 무리의 독일 군인들과 프랑스 경찰들이 마치 무슨 국경 초소에서처럼 바르베스 대로 초입에 버티고 있었다. 그녀는 만약 자기가 18구로 돌아오는 사람들을 따라서 그 대로로 접어들었다가는 경계가 그녀의 눈앞에서 영원히 다시 닫혀버릴 것 같다는 예감이 들었다.

그녀는 로슈슈아르 대로를 따라 왼쪽 인도, 즉 9구에 속한 인도를 걸어간다. 이따금 그녀는 야간 통금 구역의 경계인 반대편 인도로 시선을 던진다. 아직 통금 시간이 아닌데도 그쪽은 더 어둑하다. 경계가 폐쇄되는 시간까지는 아직 십오 분이 남았다. 그러니 그녀는 그전에 경계를 넘어가지 않으면 호텔로 가서 그녀의 아버지를 만나지 못할 것이다. 인근의 지하철역들도 여섯시에 폐쇄될 것이다. 피갈 광장, 또하나의 경계초소다. 트럭 한 대가 서 있고 그 주위에 독일 군인들. 그러나 그녀는 클리시 대로를 따라 곧장 건던 길을 계속 걸어간다. 십 분밖에 남지 않았다. 블랑슈 광장. 거기서 그녀는 잠시 발을 멈춘다. 그녀는 광장과 경계를 넘어갈 준비를 한다. 세 발짝을 떼어놓았다가 또 멈춘다. 그녀는 블랑슈 광장 쪽 인도로 되돌아온다. 9구 쪽이다. 이제 오 분밖에 남지 않았다. 현기증을 이기지 못하여 반대편에 퍼지고 있는 어둠 속으로 빨려들어가면 안 된다. 9구의 길 위에서 잘 버텨야 한다. 그녀는 블랑슈 광장의 팔미에 카페와 약국 앞에서 서성거린다. 그녀는 아무 생각도 하지 않으려고, 무엇보다도 아버지 생각을 하지 않으려고 애를 쓴다. 숫자를 센다. 스물셋, 스물넷, 스물여섯, 스물일곱…… 여섯시. 여섯시 오 분. 여섯시 십 분. 결국. 끝이다.

*

그녀는 건던 길을 따라 곧장 계속해서 걸어가야 한다. 그리고 옆쪽을, 야간 통금 구역이 시작되는 쪽을 돌아보지 않도록 해야 한다. 그녀는 마치 매 순간 허공으로 쓰러질까봐 겁을 내며 좁은 가교를 건너는 사람처럼 발걸음을 빨리했다. 작년까지만 해도 그녀가 다니던 쥘페리 고등학교의 건물 정면과 벽에 바싹 붙어서 걸었다.

클리시 광장을 지나온 지금 그녀는 마침내 18구를 등지고 돌아선다. 야간 통금 속에 영원히 침몰하게 된 이 동네를 그녀는 등뒤로 남겨둔다. 그녀는 침몰하는 배에서 때맞춰 뛰어내린 것이나 마찬가지다. 그녀는 아버지 생각을 하고 싶지 않다. 이제 그 누구도 밖으로 탈출하지 못할 그 어둠과 침묵에 잠긴 구역과 자신이 아직은 너무 가까이에 있다고 느끼기 때문이다. 그녀는 간신히 도망쳐나온 것이다.

지하철에서, 그리고 잠시 전 바르베스로슈슈아르 교차로에서 부동자세로 서 있는 군인들과 경찰들을 보는 순간 그녀를 엄습했던 그 숨막힐 듯한 느낌은 더이상 느껴지지 않았다. 그녀 앞에 열려 있는 대로는 저멀리 서쪽으로 바다를 향하는 거대한 숲길인 것 같고 벌써부터 그 바닷바람이 그녀의 얼굴에 물보라를 뿌리는 느낌이다.

*

그녀가 에투알 광장에 이르는 순간 비가 오기 시작했다. 그녀는 틸지트 길의 어떤 건물 현관에서 비를 피했다. 옆 건물의 일층은 '르 랑데부'라는 이름의 찻집이었다. 그녀는 자신이 입은 점퍼형 외투와 낡은 풀오버 때문에 오랫동안 망설이다가 그곳으로 들어갔다.

그녀는 안쪽 테이블에 앉았다. 그날 저녁에는 손님이 많지 않다. 그녀가 깜짝 놀란다. 저쪽에서 피아니스트가 〈빈 왈츠〉의 한 곡조를 치는 것이 아닌가. 그녀에게 핫초콜릿 한 잔과 마카롱을 날라온 여종업원이 이상한 눈길로 그녀를 쳐다본다. 그녀는 문득 자신이 여기 와서 머물 권리가 있는지 자문한다. 어쩌면 이 찻집은 "보호자 미동반 미성년자"에게는 출입이 금지되어 있는지도 모른다. 왜 갑자기 그런 관용적 문구가 머리에 떠오른 것일까? 보호자 미동반 미성년자. 그녀는 열여섯 살이지만 스무 살로 보인다. 그녀는 마카롱을 깨물어보지만 딱딱하고 핫초콜릿은 거의 연보라색에 가까울 정도로 옅은 색깔이다. 정말이지 초콜릿 맛이 아니다. 〈빈 왈츠〉에 단역으로 출연하여 번 오십 프랑이면 계산하는 데 충분할까?

찻집이 문을 닫으면 그녀는 다시 밖에서 비를 맞게 될 것이다. 그러니 자정까지 비를 피할 곳을 찾아야 한다. 그리고 통금 시간 이후에는? 그녀는 공포감에 휩싸인다. 저쪽의 통금, 즉 저녁 여섯시 통금에서 벗어나려고 벽에 바싹 붙어서 걸어갈 때 그녀는 이 문제를 미처 생각해보지 않았다. 그녀는 옆 테이블에 앉아 있는 두 젊은이를 보았다. 그중 한 사람은 옅은 회색 양복을 입고 있었다. 혈색 좋은 얼굴은 딱딱한 시선과 얄팍한 입술과 대조적이다. 오른쪽 눈의 커다란 반점이 시선을 딱딱하고 고정돼 보이게 만든다. 금발의 머리는 뒤로 빗어 넘겼다. 다른 한 사람은 갈색 머리에 낡은 트위드 재킷을 입고 있다. 그들은 나직한 목소리로 말을 한다. 그녀의 눈길이 갈색 머리의 눈길과 마주쳤다. 다른 쪽이 거친 몸짓으로 금빛 담배 케이스를 열고 담배 한 개비를 꺼내 입에 물더니 담배 케이스와 같은 금빛 라이터로 불을 붙인다. 그가 갈색 머리에게 뭔가 설명을 해주고 있는 것 같아 보인다. 몇 번 그가 목소리를 높이지만 피아노 소리에 가려 그들의 말이 잘 들리지 않는다. 갈색 머리는 그의 말에 귀를 기울이고 이따금 동의를 표한다. 그녀는 또다시 그와 눈이 마주쳤고 그는 그녀에게 미소를 보냈다.

*

옅은 회색 양복을 입은 금발이 찻집을 나서면서 갈색 머리에게 손짓으로 나른한 작별 인사를 했다. 다른 쪽은 테이블에 혼자 남았다. 피아니스트는 여전히 〈빈 왈츠〉의 곡조를 연주한다. 그녀는 문 닫는 시간이 된 게 아닌가 싶어 걱정이다.

그녀 주위의 모든 것이 다 흔들거린다. 그녀는 신경이 예민해져서 몸이 떨리는 것을 억제하려고 애를 쓴다. 손가락으로 테이블 가장자리를 꽉 쥐고 핫초콜릿 잔과 그녀가 먹지 못한 마카롱에 시선을 박고 있다.

갈색 머리가 자리에서 일어나 그녀에게로 다가왔다.

"몸이 안 좋은 것 같아 보이는데요……"

그는 그녀가 자리에서 일어나도록 돕는다. 밖으로 나와 빗속을 몇 발짝 걷자 그녀는 좀 나아졌다. 그가 그녀의 팔을 잡고 있다.

"난 집으로 돌아가지 않았어요…… 18구에 집이 있는데…… 통행금지 시간 때문에요……"

그녀는 뭔가 무거운 것에서 벗어나려는 듯 그 몇 마디를 빠른 어조로 말했다. 그녀가 갑자기 울기 시작한다. 그가 그녀의 팔을 꼭 붙잡는다.

"나는 바로 이 근처에 살아요…… 우리집으로 갑시다……"

그들은 굽은 길을 따라간다. 그녀가 통금 구역의 경계 지역에 있었던 얼마 전, 9구의 인도를 벗어나지 않으려고 있는 힘을 다해 현기증과 싸우던 그 얼마 전과 마찬가지로 길이 어둡다. 그들은 늘어선 가로등들이 흐린 야등의 푸른빛을 던지고 있는 어떤 대로를 건너지른다.

"그래 평소에 무슨 멋진 일을 하죠?"

그가 그녀를 안심시키려고 정다운 어조로 이렇게 물었다. 그녀는 울음을 그쳤지만 턱으로 눈물이 흘러내리는 것을 느낀다.

"무용수예요."

*

그녀는 에투알 광장 가의 그 거창한 개인 저택들 중 한 곳의 철책 대문과 안마당을 지나면서 주눅이 들었다. 삼층에 이르자 그가 현관문을 열고 그녀를 먼저 들여보냈다.

램프들과 샹들리에가 켜져 있다. 불빛을 가리기 위하여 커튼은 닫아놓았다. 그녀는 지금까지 한 번도 이토록 널찍하고 이토록 천장 높은 공간을 본 적이 없다. 그들은 현관을 지나 다시 고서들이 꽂힌 서가로 벽들이 뒤덮인 어떤 방을 거쳐갔다. 거실의 벽난로에서 장작불이 다 타가고 있었다. 장작은 거의 다 탄 상태였다. 그가 그녀에게 외투를 벗고 소파에 앉으라고 말했다. 거실의 저 안쪽에 유리로 막힌 커다란 원형 온실이 실내 정원을 감싸고 있다.

"당신 집으로 전화를 걸어도 돼요."

그가 그녀의 옆 소파 위에 전화기를 내려놓았다. 그녀는 잠시 망설였다. 당신 집으로 전화를 걸어도 돼요. 그녀는 전화번호를 잘 기억하고 있었다. 몽마르트르국 33-83. 호텔 아래층에 있는 카페의 번호였다. 통금 때문에 카페 문을 닫지 않았다면 주인이 전화를 받을 터였다. 그녀는 주저하면서 번호를 돌렸다. 그는 벽난로 앞에서 몸을 구부리고 부지깽이로 장작불을 쑤셨다.

"테르센 박사님께 메시지를 좀 전해주실 수 있을까요?"

그녀는 몇 번이나 이름을 되풀이해야 했다.

"호텔에 묵고 있는 의사 말예요…… 네…… 그분 딸이라고…… 그분께 별일 없다고 전해주세요……"

그녀는 얼른 수화기를 내려놓았다. 그가 소파로 와서 그녀의 옆에 앉았다.

"호텔에서 살아요?"

"네, 아버지와 같이요."

그들이 묵고 있는 두 개의 방은 이 거실 한구석에 충분히 다 들어갈 것 같았다. 그녀는 호텔의 출입문, 그리고 이층까지 가

파르게 올라가는 붉은 양탄자가 깔린 나선형 계단이 눈에 선하다. 복도의 오른쪽에 3호실과 5호실. 그리고 지금 그녀가 와 있는 이곳의 실크 커튼과 실내 내장재, 샹들리에, 그림들과 실내 정원…… 그녀는 자신이 같은 도시에 있는 것인지 아니면 아까 지하철에서 마차를 타고 오르나노 대로의 호텔로 돌아가는 것을 상상했을 때처럼 꿈을 꾸는 것인지 자문해본다. 하지만 여기서 오르나노 대로까지는 지하철로 채 십여 개 정거장이 넘지 않는 거리다.

"그럼 당신은요? 여기서 혼자 사세요?"

"네."

그는 마치 변명이라도 하는 것처럼 미안해하는 표정으로 어깨를 으쓱한다.

무엇인가 때문에 그녀는 갑자기 안심이 되는 느낌이다. 잠시 전 소파의 전화기를 집어들려고 그가 좀 지나칠 정도로 거칠게 몸을 움직일 때, 찢어진 안감이 보였던 그의 트위드 재킷. 그리고 그의 커다란 구두. 구두의 한쪽은 잡아매는 끈도 없다.

*

그들은 집 저 안쪽 주방에서 식사를 했다. 그러나 먹을 것이

별로 없었다. 식사 후에 거실로 돌아왔고 그가 그녀에게 말했다.

"여기서 자도록 해요."

그가 그녀를 옆방으로 데리고 갔다. 너무 밝은 빛이 쏟아지는 가운데 비단 덮개와 나무에 조각 장식이 된 높은 닫집 침대가 놓여 있었다.

"우리 어머니 방이었어요……"

그는 그녀가 그 닫집 침대와 거의 거실만큼이나 큰 그 방을 보고 깜짝 놀랐다는 걸 알아차렸다.

"어머니는 이제 여기 살지 않으세요?"

"돌아가셨어요."

그 무뚝뚝한 대답에 그녀는 당황했다. 그가 미소를 지어 보였다.

"부모님을 잃은 지 벌써 오래돼요."

그는 마치 그 장소를 검사라도 하듯 방안을 한 바퀴 돌았다.

"당신에게 여긴 썩 편안하지 않을 것 같네요. 서재에서 자는 게 낫겠어요……"

그녀는 고개를 숙인 채 그 닫집 침대, 샹들리에, 내장재, 그리고 실크 등과 대조를 이루는 그 끈 없는 큼직한 구두에서 눈을 떼지 못했다.

*

조금 전 그들이 현관을 거쳐 통과했던, 책들로 벽이 뒤덮인 방에서 그는 그녀에게 팔걸이 없는 장의자를 가리켜 보였다.

"시트를 드려야겠군요."

가장자리가 레이스로 장식된, 핑크빛 도는 베이지색의 아주 고운 시트. 그는 또 체크무늬 모직 담요 한 장과 베갯잇 없는 조그만 베개도 가져왔다.

"이게 내가 찾아낸 전부예요."

그가 미안해하는 표정을 지었다.

그녀는 침대 정리를 하는 그를 거들었다.

"춥지 않을지 모르겠네요…… 사람들이 난방을 꺼버려서……"

그녀가 장의자 가장자리에 앉았고 그는 서재 한구석에 놓인 가죽 안락의자에 앉았다.

"그래, 무용수라고요?"

그는 그걸 정말로 믿는 것 같지 않았다. 그는 재미있다는 듯 그녀를 빤히 쳐다보았다.

"네, 샤틀레 극장에서 무용수로 있어요. 〈빈 왈츠〉에서 배역을 맡았어요."

그녀는 좀 거만한 어조로 말했다.

"난 샤틀레 극장에 한 번도 안 가봐서요…… 하지만 당신을 보러 가겠어요……"

"유감스럽게도 거기서 여전히 일하게 될지 잘 모르겠어요……"

"왜요?"

"왜냐하면 우리 아버지와 나에게 문제가 생겨서요."

*

그녀는 자신이 처한 상황에 대하여 그에게 털어놓기를 망설였지만 안감이 찢어진 트위드 재킷과 끈 없는 구두가 그녀에게 용기를 주었다. 그리고 또 그는 말을 할 때 그 아파트의 우아함과 호화로움과는 어울리지 않는 은어들을 자주 사용했다. 그녀로서는 그가 정말로 이 집에 사는지 의심이 생길 정도였다. 그러나 서재의 책 선반 하나에는 그의 어머니일 것 같은 아주 우아한 부인과 함께 지금보다 훨씬 어린 그의 모습이 나온 사진이 있었다.

그는 잘 자라고 인사하고 나가면서 내일 아침식사 때에는 진짜 커피를 마시게 해주겠다고 말했다. 이제 그녀는 이 방에 혼자 남게 되었다. 자신이 이 장의자에 앉아 있다는 것에 놀란다. 그녀는 불을 끄지 않는다. 잠이 온다 싶으면 불을 끄겠지만 지금 당장은 아니다. 18구에서의 오늘 저녁 통행금지 때문에 어둠이 두렵다. 그녀의 아버지와 오르나노 대로의 호텔을 떠올리게 하는 그 어둠이. 책들이 꽂힌 서가들, 조그만 원탁 위에 놓인 반투명 램프, 실크 커튼, 창 옆의 루이 15세식 큰 책상을 물끄러미 바라보며, 산뜻하고 가벼운 침대 시트를 피부에 느끼고 있으면 얼마나 안심이 되는가…… 그녀는 그에게 사실을 말하지 않았다. 첫째로 그녀는 자기가 열아홉 살이라고 했다. 다음으로 그녀는 샤틀레 극장에 소속된 진짜 무용수는 아니다. 그리고 그녀는 그에게 그녀의 아버지가 전쟁 전에 프랑스로 이민 온 오스트리아 의사이며 오퇴유의 어느 병원에서 일한다고 설명했다. 그녀는 문제의 핵심을 건드리지 않았다. 그리고 또 덧붙여서 그들이 둘 다 그 호텔에 임시로 들어 살고 있는데 그것은 아버지가 새 아파트를 구하고 있는 중이기 때문이라고 말했다. 그녀는 자신이 오르나노 대로의 거처로 돌아가지 않으려고 통금 시간을 고의로 넘긴 것이라고 솔직히 털어놓지도 않았다. 다른 때 같았으면 누구든 그녀의 행동을 대수롭지 않게 여겼을 것이고 그 나이 또래의 여자아이로서는 흔히 있을 수 있는 일로 여겨 그걸 단순히 가출이라고 불렀을 것이다.

*

이튿날 그녀는 오르나노 대로의 호텔로 돌아가지 않았다. 그녀는 다시 한번 몽마르트르국 33-83번으로 전화를 걸었다. 테르센 박사의 딸이라고 말했다. 박사에게 메시지를 남기고 싶다고. "그분께 걱정하지 말라고 전해주세요." 그러나 카페와 호텔 주인의 것임을 잘 알 수 있는 그 목소리는 그녀의 아버지가 이 전화를 기다리고 있다면서 방으로 올라가서 그를 불러오겠다고 대답했다. 그러자 그녀는 수화기를 내려놓았다.

또 하루가 지났다. 그리고 또 하루. 그녀와 리고는 바로 옆 아르마예 길에 있는 암시장의 식당으로 저녁식사를 하러 갈 때 이외에는 아파트에서 나가지 않았다. 그들은 샹젤리제에 가서 한번 영화구경을 했다. 〈폭풍우〉라는 제목의 영화였다. 다시 며칠이 더 지났고 그녀는 몽마르트르국 33-83번으로 더이상 전화를 걸지 않았다. 12월. 겨울이 시작되었다. 또다시 테러가 몇 번 더 있었고 이번에는 일주일 동안 저녁 다섯시 반부터 통금령이 내렸다. 도시 전체가 어둠과 추위와 침묵 속에 파묻혔다. 제자리에서 웅크린 채 최대한 몸을 움직이지 않고 기다려야 했다. 그녀는 리고의 곁을 더이상 떠나고 싶지 않았고 오르나노 대로는 그녀에게 멀게만 느껴졌다……

*

통행금지 주간이 끝나갈 무렵 리고는 아파트가 팔리게 되어서 이제 여기를 떠나야 한다고 그녀에게 설명했다. 아파트는 해외로 망명한 어떤 유대인 소유였는데 그의 모든 재산이 기탁 관리로 넘어갔다. 그렇지만 리고는 뱅센 동물원 쪽에 다른 아파트를 하나 구해놓았다. 그러니 그녀가 원한다면 그녀를 그곳으로 데리고 갈 수 있다고 했다.

*

어느 날 저녁, 그들은 아르마예 길의 식당에서 옅은 회색 양복 차림의 눈에 반점이 있는 금발머리 남자와 식사를 했다. 잉그리드는 그에게 본능적인 반감과 경계심을 느꼈다. 그렇지만 그는 대단히 상냥했고 그녀가 무용수로 일했다고 했던 샤틀레 극장에 대해 여러 가지 질문을 했다. 리고에게는 말을 놓았다. 그들은 어릴 적 파시에 있는 기숙학교 저학년 시절에 만나서 아는 사이였는데, 그는 그들이 함께 지냈던 그 시절에 대해 더 길게 이야기를 하고 싶어했지만 리고가 단호한 어조로 말했다.

"그 얘긴 더이상 하지 말지…… 안 좋은 추억들이잖아……"

금발 남자는 암시장에서 수를 쓴 덕분에 많은 돈을 벌고 있었다. 그는 오슈 대로에 있는 어떤 저택에 사무실을 차린 어느 러시아인, 그리고 리고에게도 소개해줄 용의가 있다는, 또다른 여러 "흥미로운" 사람들과 관계를 맺고 있었다.

"그럴 필요 없어. 난 파리를 떠날 생각이니까……" 리고가 말했다.

그리고 대화는 아파트 얘기로 다시 돌아왔다. 금발은 리고가 떠나기 전에 가구들과 그림들을 모두 사겠다고 제안했다. 그는 자신이 "관계하는 사람들" 중 몇몇에게 그 얘기를 했고, 자신이 그 중개인 입장에 서겠다고 했다. 그는 자기가 고가구 애호가라면서 으스댔다. 또 사교계 인사 행세를 하며 억지로 꾸민 초연한 어조로 자기 조상 중 한 분은 제국시대 원수元帥였다고 했다. 리고는 그를 그냥 파체코라고 불렀다. 그는 머리를 약간 숙이면서 잉그리드에게 자신을 소개하면서 말했다. 필립 드 파체코라고 합니다.

*

이튿날 오후, 아파트 출입문에서 초인종이 울렸다. 반코트 차림의 키가 자그마한 젊은이가 파체코가 보내서 트럭 한 대와 이삿짐 나르는 사람들을 대동하고 왔다고 했다. 그들은 괜찮다면 실례하겠다면서 철책 대문을 열고 마당에 트럭을 댔다. 이삿짐 나르는 사람들이 가구들을 옮겨 모으는 동안 잉그리드와 리고는 거실의 다른 한쪽 구석으로, 실내 정원으로 몸을 피했다. 그러나 얼마 뒤 그들은 밖으로 나가는 쪽이 낫겠다고 판단했다. 현관 앞에는 덮개를 씌운 트럭이 한 대 서 있었다.

그들은 완만한 경사를 이루는 바그람 대로를 따라 걸어내려갔다. 인도에는 눈이 녹아 있었고 흐린 겨울 햇빛이 구름을 뚫고 나왔다. 리고는 그녀에게, 파체코가 저녁에 가구를 판 돈을 가져오기로 되어 있으니 그들은 곧 다른 아파트로 이사 갈 수 있을 것이라고 설명했다. 그녀는 그에게 그곳을 떠나게 되어 마음이 아프냐고 물었다. 아니었다. 그는 아무 미련이 없었다. 심지어 이곳에 더이상 머물지 않게 되어 안심이었다.

그들은 테른 광장에 이르렀다. 갑자기 그녀는 현기증이 난다. 몽마르트르 쪽으로 계속 걸어가다니, 그래서 그녀가 전날 저녁에 통금 지역으로부터 멀어지려고 지나온 길을 반대 방향으로 거슬러올라 오르나노 대로의 호텔로 되돌아가다니. 그녀는 벤치에 앉는다. 또다시 그녀는 신경이 예민해져서 몸이 부들부들 떨린다.

"왜 그래?"

"아냐. 괜찮아질 거야."

그들은 발길을 돌린다. 그가 그녀의 어깨를 꼭 껴안자 그녀는 차츰 안도감을 느끼며 그와 함께 에투알 광장을 향해 바그람 대로를 따라 올라간다.

*

건물 현관 앞에는 포장 씌운 트럭이 길 건너편에 또 한 대 와서 있었다. 그들은 여럿이서 루이 15세식 책상과 콘솔 테이블과 샹들리에를 싣고 있었다. 반코트 차림의 키 작은 젊은이가 이삿짐 나르는 사람들의 일거수일투족을 감시했다.

"아직 더 오래 걸릴 건가요?" 리고가 물었다.

"아뇨…… 아녜요…… 거의 다 끝났어요…… 물건들을 가져갈 곳이 아주 멀지 않거든요…… 오슈 대로요……"

그건 아마도 파체코가 언급했던 그 개인 저택, 그 러시아 사람이 '사무실'을 차렸다는 그곳일 것이다.

"상당한 양이거든요, 물건들이 말입니다……"

그는 다리를 이쪽저쪽 번갈아 건들거리며 그들을 거만하게 쳐다보았다.

서재에는 선반에 꽂힌 책들밖에 남은 것이 없었다. 그들은 심지어 커튼까지 걷어갔다. 큰 거실에는 남은 가구가 아무것도 없었고 샹들리에도 떼어갔으며 마지막 남은 양탄자도 걷어갔다. 오직 그림들만 제자리에 걸려 있었다. 그들은 둘 다 거실 한쪽 구석에 있는 규방에 문을 닫고 들어앉아 있었다. 거기에는 잊고 가져가지 않은 팔걸이 없는 장의자가 남아 있었다.

*

저녁 일곱시경, 파체코가 나타났다. 통통한 얼굴, 은발에 털로 안을 댄 외투 차림인 오십대 남자와 함께였다. 그는 그들에게 남자를 W. 백작이라고 소개했다. 그림에 관심이 많다던 바로 그 사람이었다. 그는 그림들을 좀 보고 싶다면서 그중 몇 점을 고르든가 어쩌면 아예 다 가져가겠노라 말했다. 반코트 차림의 키 작은 젊은이가 그들과 합류했는데 W. 백작이라는 사람을 잘 아는 것 같았다. 단조롭고 길게 끄는 목소리로 그에게 건네는 말을 들어보면 그랬다.

"물건 보러 가실까요?"

털외투를 여전히 걸치고 있는 W. 백작은 거실에서 그림을 한 점 한 점 자세히 살펴보았다. 반코트 차림의 키 작은 젊은이가 그의 뒤에 서 있다가 한참 기다린 다음 말했다.

"떼어내요?"

그리고 W. 백작이 그러라고 머리를 끄덕이면 그는 그림을 떼어내서 벽 아래쪽에 내려놓았다. 그런 검사가 다 끝나자 모든 그림들이 다 벽에서 떼어졌다. 리고와 잉그리드는 멀찍이 떨어져 있었다. W. 백작이 파체코를 돌아보았다.

"당신 친구는 여전히 우리가 정한 그 값이면 된다는 거죠?"

"그럼요."

리고는 그들에게로 가봐야 했다. W. 백작이 그에게 말했다.

"그림을 전부 다 맡겠어요. 가구들도 정말 사고 싶지만 쓸데가 없네요."

"벌써 사겠다는 사람을 찾았어요." 파체코가 말했다.

리고가 그들에게서 슬그머니 물러났다. 잉그리드는 거실의 가장자리, 문 바로 옆에 서 있었다. 그는 그녀에게 다가갔다. 저쪽 텅 빈 방 한가운데 있는 세 사람을 물끄러미 바라보았다. 그의 귀족 칭호만큼이나 새것 같아 보이는 털외투 차림의 한 사람, 옷깃이 접힌 레인코트 차림의 파체코, 반코트 차림의 가장 젊은 사람. 그들은 이제 막 일을 끝낸 강도들, 그러나 전혀 겁날 것이 없어서 그들이 저지른 악행의 현장에 남아서 얼마든지 꾸물거릴 수 있는 강도들 같아 보였다. 샹들리에가 달려 있던 자리에 늘어진 전선 끝의 알전구에서 빛이 떨어지고 있었다.

*

W. 백작과 반코트 차림의 키 작은 젊은이가 먼저 집에서 나와 계단을 내려가기 시작했다. 파체코가 리고에게 종이 구두상자 하나를 내밀었다.

"자…… 맞는지 확인해봐…… 두 분, 밖에까지 배웅하러 좀 나오시겠어요?"

리고는 구두상자를 손에 들고 잉그리드보다 앞서 계단을 내려갔다. 그들은 모두 다 건물의 현관에 나와 섰다. 날이 어두워졌고 가는 눈이 내리고 있었다. 포장을 씌운 트럭들 중 가장 큰 트럭이 움직였고 힘겹게 틸지트 길로 접어들었다. 이윽고 다른 트럭이 뒤를 따랐다.

"저녁을 함께 하면 좋겠는데." 파체코가 말을 꺼냈다.

리고가 머리를 끄덕였다. 잉그리드는 멀찍이 떨어져 서 있었다.

"내가 초대하죠." W. 백작이 말했다.

"지난번 저녁의 그 식당이 어떨까요?" 파체코가 말했다.

"어디 말예요?" W. 백작이 물었다.

"아르마예 길에 있는 무아트리 식당요."

"좋은 생각이군요." W. 백작이 말했다. 그리고 리고 쪽으로 돌아서며 말했다.

"이 건물이 관리 대상으로 넘어가서 살 수 있다고 하는데. 그쪽으로 정보를 좀 주시면 좋겠는데요."

반코트 차림의 키 작은 젊은이는 W. 백작 옆에 보디가드 같은 태도로 가만히 서 있었다. 이제 눈은 굵은 눈송이가 되어 내리고 있었다.

"한 시간 뒤에 무아트리 식당에서 만나요." 리고가 말했다. "저는 저 위에 가서 마지막으로 살펴볼 게 있어서요."

그는 잉그리드가 서 있는 현관으로 왔다. 그들 두 사람은 마당을 지나 철책 대문을 빠져나가는 사람들을 지켜보았다. 주인을 모시는 운전기사 같은 동작으로 반코트 차림의 키 작은 젊은이가 거기 서 있던 검은색 리무진 자동차의 문을 열었다.

W. 백작과 파체코가 그 자동차에 올라탔다. 눈이 점점 더 거세게 내렸고 자동차는 틸지트 길의 모퉁이를 돌아 사라졌다.

*

리고는 여행가방 하나를 거실로 가져왔다. 천장에 매달린 전구의 세찬 불빛 아래서 그는 가방 속에 스웨터 몇 개, 바지 하나, 그리고 파체코가 준 지폐가 가득 든 구두상자를 담았다. 잉그리드에겐 옷이라곤 그녀가 입고 있던 것뿐이었다. 그가 여행가방을 다시 닫았다.

"그 사람들과 같이 가서 저녁식사를 해야 해?" 잉그리드가 물었다.

"아니…… 아냐…… 그 사람들은 미덥지 않아서……"

그녀는 마음이 놓였다. 그녀 역시 그들과 같이 있으면 마음이 편안치 않았다.

"우린 당장 저쪽 아파트로 가자고……"

거실을 나서며 그는 불을 끄지 않았다. 아파트의 문을 닫으려다가 그가 층계참에 서 있는 잉그리드에게 말했다.

"잠깐만 기다려……"

그는 금방 스키 한 쌍과 큼직한 부츠 한 켤레를 가지고 와서는 부츠를 여행가방 속에 넣었다.

"추억의 물건들이라서……"

계단에서 그들은 각자 여행가방의 손잡이를 하나씩 잡고 내려왔다. 리고는 양쪽 어깨에 스키를 걸쳐 메었다.

*

여전히 눈이 내리고 있었다. 인도는 눈이 하얀 층을 이루며 쌓여 어둠 속에서 반짝였다. 광장에는 인적이 없었고 그들의 발목까지 눈 속에 발이 빠졌다. 개선문이 달빛 속에서 윤곽을 뚜렷이 드러냈다.

"당신이 신을 스키가 없어 유감이네. 저기까지 스키를 타고 갈 수 있었을 텐데……" 리고가 말했다.

그들은 지하철역의 계단을 내려갔다. 전동차 안에는 지난번 저녁의 샤틀레와 바르베스로슈슈아르 구간보다는 사람이 적었다. 잉그리드는 출입문 가까운 곳 좌석에 앉아서 무릎 위에 여행가방을 올려놓고 있었다. 리고는 스키 때문에 그냥 서 있었다. 다른 승객들이 그를 호기심 어린 눈으로 쳐다보았다. 그는 마침내 지하철 노선의 이어지는 다음 정거장들에 더이상 신경을 쓰지 않게 되었다. 마르뵈프, 콩코르드, 팔레루아얄, 루브르…… 그는 어깨에 멘 스키를 꼭 당겨 쥔 채 작년에 로슈브륀 산봉우리 저 꼭대기로 그를 실어다주던 케이블카를 또다시 타고 있다고 상상해보았다.

*

열차가 나시옹역에서 멈췄다. 더이상 운행하지 않는 것이었다. 리고와 잉그리드는 도레 시문 역으로 가는 열차를 갈아타기 위해 내려야 했던 바스티유역을 그냥 지나쳐 와버렸다.

지하철역 출구를 나서니 그들의 앞에 보이는 것은 거대한 눈밭이었다. 리고도 잉그리드도 알지 못하는 동네였다. 혹시 술트 대로 20번지에 더 신속하게 도달할 수 있는 어떤 길이 있을까? 그들은 가장 확실한 길인 뱅센 산책로를 따라 걷기로 했다.

눈이 가장 덜 쌓인 건물들 벽 쪽으로 바싹 붙어서 걸었다. 리고는 스키를 어깨에 메고 왼손에는 여행가방을 들었다. 잉그리드는 추워서 외투 주머니에 두 손을 넣고 있었다.

그들은 인도를 따라 검은 말이 끄는 썰매가 하나 지나가는 것을 보았다. 침묵과 만월과 인광을 발하는 눈이 아마도 신기루를 보게 만드는 것 같았다. 썰매는 영구차가 나아가듯이 천천히 전진했다. 리고가 스키를 땅바닥에 내려놓고 달려가며 마부를 불렀다. 마부가 말을 멈췄다.

그는 그들을 술트 대로 20번지까지 데려다주겠다고 했다. 그는 평소에는 마차를 몰았는데 파리가 눈에 파묻힌 두 주일 전부터 자기 집 근처 생망데의 어떤 창고에서 발견한 이 썰매를 이용하고 있었다. 그는 털 달린 큼직한 반코트를 걸치고 주로 어부들이 쓰는 챙모자를 쓰고 있었다.

그들은 뱅센 산책로를 따라 미끄러져갔다. 리고의 스키는 썰매 뒤에 고정시켜 매달았다. 마부는 말이 평보로 걸을 때면 팔을 단호하게 움직여 말에게 채찍질을 한다. 그러나 그들이 뱅센 시문에 가까워질수록 말의 걸음이 빨라진다. 그들은 자신들이 어떤 도시에 있는지 어느 들판을 가로지르고 있는지 더이상 알 수가 없다. 썰매는 술트 대로와 만나기 위하여 작은 골목들을 질러간다. 이곳은 자정 미사 동안의 인적 없고 침묵에 잠긴 어느 산간 마을이다. 잉그리드는 리고의 어깨 오목한 곳에 기댄 채 몸을 웅크리고 있다.

아침나절이 끝나갈 무렵 나는 아네트로부터 아무런 메시지를 받지 못한 채 호텔방을 나와서 아파트로 돌아갔다. 노란 열쇠를 열쇠 구멍에 넣었지만 문을 열기가 힘들었다.

나는 저 안쪽 방에서 트윈 베드 위에 시트를 씌우고 있는 관리인과 마주쳤다.

"그러지 않아도 되는데요. 내가 하면 될 텐데." 내가 말했다.

그가 허리를 펴고 일어났다.

"이거 뭐 별것 아닌 일인걸요, 선생님. 여기서 야영하듯이 지내실 건 아니잖아요?"

그가 나무라듯 나를 쳐다보았다.

"그래서 오늘 오후에는 진공청소기를 한번 돌릴 생각이에요.

여기 먼지가 너무 많아요……"
"그래요?"
"네, 너무 많다고요."
먼지는 잉그리드와 리고가 떠난 뒤 계속 쌓였다. 나는 그 햇수를 꼽아보았다.
"그리고 벽장 속에 굴러다니는 저 스키 한 쌍과 낡은 부츠를 치워드릴까 하는데요……"
"아뇨. 그건 제자리에 그대로 둬야 해요."
그는 나의 확고한 태도에 놀라는 것 같았다.
"리고 씨가 돌아왔는데 스키가 없어졌다고 상상해보세요……"
그는 어깨를 으쓱해 보였다.
"그이는 이제 안 돌아와요."
나는 그가 시트를 씌우는 것을 도왔다. 우리는 서로 딱 붙어 있던 두 개의 트윈 베드의 간격을 벌려놓아야 했다.
"다음주 초에 전화선이 복구될 겁니다. 그리고 전기는 오늘 오후에 되고요." 그가 내게 말했다.
그렇게 모든 것이 한결 나아졌다. 나는 아네트에게 전화를 걸어서 여기 내가 있는 곳으로 오라고 말할 생각이다. 우리 둘이서 이 아파트에 살게 될 터이다. 그녀는 처음에는 놀라겠지만 우리가 처음 만났을 때 그녀가 결국은 수많은 것들을 이해하게 되었듯 결국 이해하게 될 것이다.

*

우리는 술트 대로로 나서서 주유소까지 걸어갔다. 푸른 작업복을 입은 카빌리아인이 내게 손을 내밀고 악수를 했다.

"그럼 자네한테 맡기겠네." 그가 관리인에게 말했다.

"나하고 잠시 같이 있어주겠어요?" 관리인이 나에게 부탁했다.

"기꺼이 그러죠."

우리는 급유 펌프 옆에 있는 의자에 앉았다. 해가 비치는 자리였다. 햇볕은 그 앞서의 며칠 동안처럼 심하게 내리쪼이는 것이 아니라 부드러운 열기와 오렌지빛으로 우리를 감쌌다.

"벌써 가을이네요." 관리인이 말했다. 그리고 그는 어떤 나무 밑, 둥치를 둘러싼 철책 위에 떨어진 몇 개의 낙엽을 손가락으로 가리켰다.

"참, 당신 아파트의 라디에이터를 잊지 말고 점검해봐야겠어요. 안 그러면 이번 겨울 난방이 제대로 안 될 거예요."

"아직 시간이 있어요." 내가 말했다.

"그리 많진 않아요…… 빨리 지나가는 게 시간이라…… 9월부터는 해가 짧아지거든요……"

"올겨울에도 내가 여기 그냥 있을지 확실치 않아요."

그렇다, 문득, 겨울 동안 이 동네에 그대로 남는다고 생각하니 가슴이 서늘해졌다. 여름에는 도시 자체가 바캉스중이었으니 다른 사람들과 마찬가지로 당신 역시 관광객이다. 구애될 것이 전혀 없다. 그러나 겨울에는…… 아네트가 도레 시문에서 나와 생활을 함께해줄 거라는 생각도 내겐 아무런 힘이 되지 않았다. 맙소사, 나는 이번 겨울을 어디서 어떻게 보낼 것인가?

"뭐 걱정되는 일이라도 있어요?" 관리인이 내게 물었다.

"아뇨."

그는 의자에서 일어났다.

"저녁거리를 위해 장을 봐와야겠어요. 여기 좀 있어주겠어요? 혹시 손님들이 와서 주유를 해달라고 하면 주유 펌프를 작동시킬 수 있겠죠?"

"그거 뭐 별로 어려울 것 같지 않은데요." 내가 말했다.

*

낡은 감색 영국제 자동차 한 대가 잠시 전부터 주유소 건너편 인도를 따라 나란히 주차되어 있었다. 나는 느낌으로 그게 아네트의 자동차라는 것을 알 수 있었다. 그렇다. 그건 분명 아네트의 자동차였다. 그러나 운전자가 누군지 정확하게 분간할 수 없었다.

자동차는 인적이 없는 대로 위에서 넓게 유턴을 하더니 주유소 앞에 섰다. 벤 스미단. 그가 차의 유리창을 내리고 머리를 내밀었다.

"장…… 당신을 찾는 데 한참 걸렸어요…… 진짜 당신이 맞는지 십 분 전부터 당신을 쳐다보고 있었다고요……"

그는 내게 약간 경직된 미소를 던졌다.

"가득 넣어줘요?" 내가 그에게 물었다.

그리고 그가 대답할 짬을 주지도 않고 주유 손잡이를 뽑아들고 주유 탱크를 채우기 시작했다.

"새 일거리를 구한 거예요?"

그는 농담조로 말했지만 걱정하는 기색을 제대로 감추지 못했다. 그가 차에서 내리더니 내 앞에 딱 버티고 섰다.

"아네트가 보내서 왔어요…… 그녀에게 뭐라든 해야 할 거예요, 장……"

나는 천천히 주유 손잡이를 주유기에 다시 걸었다.

"그녀는 당신 때문에 걱정이 많아요."

"그럴 것 없는데."

"겁이 나서 당신에게 전화를 걸려고 하지 않는 거예요……"

"뭐가 겁이 나서?"

나는 기계적인 동작으로 주유기 위에 놓여 있던 걸레를 집어서 자동차의 앞유리창을 쓱 문질렀다.

"그녀는 당신이 빠져나갈 길 없는 모험 속으로 자기를 끌어들일까봐 겁을 내고 있다고요…… 그녀가 한 말 그대로예요…… 여기 와서 당신을 만나고 싶지 않대요…… 이제 자기는 스무 살짜리가 아니라고요……"

*

저쪽 인도에서 관리인이 시장 가방을 손에 들고 우리 쪽으로 천천히 걸어오고 있었다. 나는 그에게 벤 스미단을 소개했다. 그러고 나서 벤 스미단은 다시 자동차 운전석에 올라 나에게 조수석에 타라며 손짓을 했다. 그가 차의 시동을 걸었다. 차 안에는 아네트의 향수 냄새가 떠돌고 있었다.

"내가 지금 당신을 데리고 가서 당신 부인을 만나게 하면 훨씬 더 간단할 텐데요."

우리는 도레 시문 방향으로 느린 속도로 달렸다.

"당장은 안 돼요. 여기 며칠 더 있어야 돼요." 내가 말했다.

"왜요?"

"쓰던 회고록을 끝낼 시간이 필요해서요."

"회고록을 쓰세요?"

그가 내 말을 믿지 않는다는 것을 알 수 있었다. 그렇지만 나는 사실을 말했다.

"진짜 회고록은 아니고. 그러나 거의 비슷한 거요." 내가 말했다.

우리는 분수 광장에 이르러 옛 식민지 박물관을 따라 가고 있었다.

"오래전부터 나는 몇 가지 기록들을 모아왔고 이제 그걸 가지고 책 한 권을 써보려는 거요."

"그럼 왜 시테 베롱의 당신 집에서 아네트와 같이 지내면서는 그 책을 쓰지 못하는 거죠?"

"모종의 분위기가 필요하거든요……"

그러나 나는 그에게 설명을 하고 싶지 않았다.

"그런데요, 장…… 난 내일 인도양으로 떠나요…… 거기 가서 몇 달 동안 머물 예정이에요…… 그러니 당신과 아네트 사이에서 중재자 역할을 더이상 할 수가 없다고요…… 당신이 연결고리를 완전히 끊어버린다면 그건 정말 유감스러운 일일 거예요."

"아직도 어딘가로 떠날 수 있는 나이라니 복이 많군요……"

그냥, 그런 말이 입 밖에 나와버렸다. 나 역시, 마치 비상구를 더이상 찾지 못하게 된 사람처럼 이 도시의 변두리에서 맴도는 대신, 떠나고 싶었다. 나는 너무나도 자주 똑같은 꿈을 꾸었다. 발에 수상스키를 신고 부교의 출발점에 서서 벨트를 바싹 당겨 쥐고 모터보트가 출발하여 나를 전속력으로 끌고 나가기를 기다린다. 그러나 배는 출발하지 않는다.

그가 나를 호텔 입구에 내려주었다.

"장, 최대한 빨리 그녀에게 전화 건다고 약속해주세요."

"아파트에 전화선이 복구되는 즉시로요."

그는 내 대답을 제대로 이해하지 못했다.

"그리고 당신이 인도양으로 가서 멋진 보물찾기를 하기를 빌어요."

*

내 방에서 나는 다시 내 기록들을 읽어보았다. 전쟁 전의 여름, 그리고 또 점령 시대의 첫 일 년 동안 잉그리드는 쥘페리 고등학교가 파하면 레글리즈 도퇴유 역까지 지하철을 타고서 주강 박사의 병원으로 아버지를 모시러 가곤 했다. 병원은 베르사유 대로와 센강 사이의 작은 길에 있었다.

그는 언제나 저녁 일곱시 반경에 병원을 나섰다. 그녀는 건물들 블록 주위를 돌면서 그를 기다렸다. 그녀가 그 길로 들어서면 병원 문 앞에서 팔을 들어 손짓하는 아버지가 보였다.

두 사람은 동네를 가로질러 걸었다. 거의 시골 같은 그 동네에서는 생트페린 성당이나 노트르담도퇴유 성당의 종소리가 들렸다. 그리고 그들은 식당에 가서 저녁을 먹었다. 지난 저녁 나는 테르센 박사와 그의 딸의 자취를 찾아 근처를 산책했지만 그 식당을 찾아내지는 못했다.

나는 잉그리드가 리고를 만났던 어느 겨울날의 낡은 신문 스크랩을 보게 되었다. 그것은 지난번 잉그리드를 만났을 때 그녀가 내게 건네준 것이다. 저녁식사중에 그녀는 그 시절에 대한 이야기를 하기 시작했다. 그리고 자신의 핸드백에서 악어가죽 지갑을 꺼냈고, 그 지갑에서 그 오랜 세월 동안 간직하고 있었던, 정성스레 접은 신문 스크랩을 꺼냈다. 그 순간 그녀가 말을 뚝 그치면서 눈빛이 이상하게 변하던 것이 생각난다. 마치 그녀가 오랫동안 그녀를 짓누르던 무거운 짐을 내게 전달하기라도 하듯이, 혹은 나 역시 훗날 그녀를 찾아다니게 될 것임을 짐작하기라도 하듯이.

그것은 다른 광고들, 구인 구직란, 부동산과 상품 매매란들 가운데 낀 아주 짤막한 기사였다.

"여자아이를 찾습니다. 잉그리드 테르센. 16세. 키 1미터 60센티미터, 갸름한 얼굴, 회색 눈, 갈색 점퍼형 외투, 옅은 청색 풀오버, 베이지색 모자와 스커트, 검은색 운동화 착용. 모든 정보는 파리 오르나노 대로 39의 2번지 테르센 씨 앞으로 연락 바람."

*

잉그리드가 어느 날 오후 18구로 돌아가 아버지와 이야기하고 가능한 한 빨리 리고와 결혼하겠다는 뜻을 알리기로 결심한 것은 그녀와 리고 두 사람이 숄트 대로의 아파트에 살고 있을 때였다.

그녀는 신문을 읽는 일이 없었다. 그녀는 그보다 몇 주일 전 석간신문에 사람을 찾는 광고가 났다는 사실을 알지 못했다. 이제 잠시 후면 호텔 주인을 통해서 그 사실을 알게 될 참이었다.

눈이 녹았고 공기가 어찌나 온화한지 외투를 입지 않고 외출할 수 있을 정도였다. 그러나 봄이 되자면 아직 한 달을 더 기다려야 했다.

그녀는 걷고 싶어서 바르베스로슈슈아르역까지 대로를 따라 걸어갔다. 그곳에 이르렀을 때는 오후 다섯시경이었다. 이번에는 통행금지 같은 건 없었다.

호텔에 도착한 잉그리드는 그녀의 가출을 정당화하기 위하여 아버지에게 설명할 말을 생각해내려 애쓰면서 그 앞을 서성거렸다. 그러나 말들이 머릿속에서 뒤죽박죽으로 뒤엉켰다. 그녀는 건물 블록을 몇 바퀴나 돌았다. 어쩌면 아버지가 그 시간에 방에 없을지도 몰랐다. 아버지가 아직 오퇴유 병원에서 일한다면 저녁식사를 하러 돌아올 것이다. 그녀는 아버지 방에서 기다릴 생각이었다. 그편이 더 나았다.

그녀는 카페로 들어갔다. 낮 동안 호텔 주인은 카운터에 자리잡고 있었다. 그녀는 그에게 3호실과 5호실 열쇠를 달라고 했다. 그는 그 열쇠들을 줄 수가 없다고 했다. 3호실과 5호실에는 다른 손님들이 들어 있었다.

그는 그녀에게, 12월 중순경 어느 날 아침 아주 일찍 경찰관들이 방으로 올라가서 그녀의 아버지를 알 수 없는 곳으로 연행해 갔다고 설명해주었다.

*

나는 술트 대로로 난 방 창문을 활짝 열어놓은 채 트윈 침대 중 하나에 누워 있었다. 어둠이 내리고 있었다. 전화벨이 울렸다. 한순간 나는 그게 아네트라고 생각했다. 그러나 그녀가 어떻게 전화번호를 알았겠는가? 나는 수화기를 집어들었다. 금속성의 목소리가 전화선이 복구되었다고 알렸다. 그래서 나는 시테 베롱의 우리집 전화번호를 돌렸다. 두 번의 신호음 끝에 아네트의 목소리가 들렸다.

"여보세요?…… 여보세요?"

나는 잠시 침묵을 지켰다.

"여보세요?…… 당신이야, 장?"

나는 전화를 끊었다.

밖으로 나가서 나는 주유소 쪽으로 걸어갔다. 내 머릿속에서 전화벨 소리가 울렸다. 잉그리드와 리고가 떠난 이후에는 결코 아파트에서 울린 적이 없었을 그 벨 소리가.

관리인과 푸른색 작업복을 입은 카빌리아인이 주유기 앞에 놓인 의자에 앉아 있었고 나는 그들과 악수를 했다.

"당신이 탈 자전거를 한 대 구해놨어요." 카빌리아인이 말했다.

그리고 그가 나에게 주유소 정면에 기대어 있는, 경주용 핸들이 달려 있지 않은 커다란 붉은색 자전거를 가리켜 보였다.

"이 사람이 저걸 구하느라 아주 애를 먹었어요. 핸들 때문에." 관리인이 말했다.

"고마워요." 내가 말했다. 나는 등을 구부리지 않아도 되는 보통 핸들이 더 편했다. 그러면 나는 경치 구경을 할 수 있었다.

"너무 늦게 돌아오지는 않겠지요?" 관리인이 물었다.

"자정 무렵에요."

그러나 그 시간에 내 기분이 어떨지 미리부터 알 수는 없었다. 나는 어쩌면 시테 베롱 쪽으로 멀리 돌아서 아네트를 다시 만나고 싶을지도 모른다. 또 누가 알랴? 그곳의 우리집에 가서 지내고 싶을지도.

*

미지근한 미풍이—거의 시로코에 가까운 바람이—불었다. 그리고 그 바람에 나무에서 낙엽 몇 장이 떨어져서 허공에 빙그르 돌았다. 가을의 첫 신호. 이 자전거가 편안하게 느껴졌다. 경사진 모르티에 대로를 올라가지 못할까봐 걱정했었다. 그러나 아니었다. 저절로 올라가졌다. 페달을 밟을 필요조차 없었다. 불가사의한 충동이 나를 이끌었다. 자동차 한 대 보이지 않았다. 침묵. 그리고 가로등이 너무 드문드문할 때조차도 만월이어서 길이 훤하게 보였다.

길이 그렇게 짧을 줄은 상상도 못했다. 그런데 나는 마치 몽골 여행을 떠나기 전날이나 된다는 듯 도레 시문을 떠나서 뷔트쇼몽에 있는 피에브 호텔로 가는 것을 망설였던 것이다…… 뷔트쇼몽은 바로 지척이었고, 내가 원하기만 한다면 잉그리드가 어렸을 때 아버지와 함께 살던 라틀라스 길 19번지에 몇 분이면 도달할 수 있었다. 벌써 샤펠역이었다. 역의 철로와 창고들이 저 아래 어둠 속에 흘낏 보인다. 잠이 든 건물들의 무리를 따라 몇 백 미터만 더 가면 바로 클리냥쿠르 시문이다. 이 동네에 와본 지 어찌나 여러 해가 되었는지 이곳을 다시 찾아온 오늘 저녁, 나는 왜 이 빨간 자전거에 몸을 맡기고 매인 데 없이 자유롭게 미끄러져가기만 하면 되는지 알 수가 있다. 나는 시간을 거슬러 올라가고 있었다.

나는 오르나노 대로로 접어들었다. 그리고 나는 좀더 멀리 교차로에 가서 제동을 걸었다. 나는 자전거를 약국의 진열창에 기대 세웠다. 침묵을 흐리는 것은 아무것도 없었다. 분수 속으로 졸졸 흘러들어가는 도랑의 물소리만이 예외였다. 파리의 날씨가 몹시도 추웠던 60년대 초의 그 겨울, 우리는 지금은 이름을 잊어버린 샹피오네 길의 어떤 호텔에 살고 있었다. 몇 발짝만 떼어놓으면 그 호텔 건물의 정면이겠지만 나는 곧장 걸어가기로 한다. 그 겨울 1월에 아네트는 양장점에서 긍정적인 답을 받고 어느 날 오후에 수습 계약을 맺기 위해 그곳에 가기로 되어 있었다.

그 전날은 일요일이었다. 눈이 내렸었다. 우리는 동네를 산책했다. 그렇게 하여 우리 둘 중 하나가 일을 시작하게 된 것이었다. 우리는 성인이 된 것이다. 우리는 클리냥쿠르 시문의 어떤 카페에 들어갔다. 우리는 저 안쪽, 조그만 주크박스가 벽에 딱 붙어 놓인 거기, 두 개의 장의자 사이 테이블을 골라 앉았다. 저녁에 우리는 '오르나노 43' 영화관에 가고 싶었지만 다음날 아네트가 양호한 컨디션을 유지해야 했기에 일찍 자는 게 좋을 것 같았다.

그리고 나는 이제 드디어 지금은 상점으로 변해버린 그 영화관 앞에 도착한다. 길 건너편, 잉그리드가 그의 아버지와 함께 살았던 호텔은 이제 더이상 호텔이 아니고 다른 건물들과 다름없는 그냥 건물이다. 그녀가 말했던 일층의 카페는 이제 없다. 어느 날 저녁 그녀도 이 동네로 돌아와보았고 그리하여 처음으로 어떤 공허감을 맛보았었다.

상황과 배경이야 아무러면 어떠랴. 어느 날 그 공허와 회한의 감정이 그대를 휩싼다. 그러고 나서 그것은 썰물처럼 빠져나가서 사라져버린다. 그러나 그것은 결국 힘이 더 세져서 되돌아오고야 마는데 그녀는 그것을 떨쳐버릴 수가 없었다. 나도 마찬가지다.

옮긴이의 말

여름 한낮에 찾아드는 돌연한 공허

밀라노에서의 자살 사건

1990년 여름, 나는 텅텅 비어가는 파리의 땡볕 속에서 사십대의 마지막 몇 년을 빈 광야처럼 망연히 남겨놓고 있었다. 나는 파리의 어느 서점에서 그때 막 출간된 『신혼여행』을 구입하여 여행가방 속에 담아두었다가 뮌헨과 빈을 거쳐 부다페스트로 가는 기차 안에서 읽기 시작했다. 사실 모디아노의 소설은 비행기나 기차 여행을 하면서 읽기에 적합하다. 책의 페이지 수가 너무 많지 않아 휴대가 간편하고 읽기에도 부담스럽지 않다. 그러나 모디아노의 소설은 책을 펼치는 즉시 처음부터 끝까지 단숨에 읽고 끝내는 흥미진진한 이야기만이 아니다. 몇 페이지를 읽다가 문득 창밖 풍경과 빛 속에 시선을 맡겨놓고 몽상에 잠기거나 아무 생각 없이 흘러가는 시간을 바라보다가 다시 계속하여 읽는 그런 책에 속한다. 어디까지 읽었었던가 하고 확인하다가 그만 처음부터 다시 읽는 책, 그래도 전혀 아쉽지 않은 책, 단어와 문장들 사이에 고인 침묵의 소리에 마음의 귀를 기울여보고 한 순간을 건너가는 존재의 어떤 기척이나 목소리의 억양, 망설임, 아쉬움, 형언할 수 없는 여운, 그리고 이어지는 침묵을 사라져가는 향기나 슬픔처럼 되살리고 싶을 때 읽기 좋은 책이 모디아노의 소설이다.

1986년 9월에 『팔월의 일요일들』을 발표한 이후 1980년대의 마지막 삼 년간 모디아노는 매년 한 권씩의 장편소설을 세상에 내놓는다. 1988년 1월에 『감형』을 선보인 후 다음 작품을 준비하는 동안 작가는 평소에 늘 그렇게 했듯이 독일 점령 시대의 옛날 신문들을 뒤적거린다. 그의 시선이 1941년 말에 발행된 〈파리 수아르〉지에 머문다. 거기에는 다음과 같은, '사람을 찾는' 광고 기사가 실려 있었다. 프랑스 판 '누가 이 사람을 모르시나요?'였다.

여자아이를 찾습니다. 도라 브루더. 15세, 키 1미터 55센티미터, 갸름한 얼굴, 회갈색 눈, 회색 점퍼형 외투, 자주색 풀오버, 감청색 모자와 스커트, 갈색 운동화 착용. 모든 정보는 파리 오르나노 대로 41번지 브루더 부부 앞으로 연락 바람.

1989년 2월의 『어린 시절의 탈의실』에 이어 1990년 5월에 발표한 그의 열세번째 소설 『신혼여행』의 출발점은 바로 이 광고 기사였다. 모디아노는 곧 집단수용소로 끌려간 유대인들의 행적을 추적 기록한 『강제수용자 추모명부』에서 그 15세 여자아이가 어떤 운명의 길을 밟아갔는지 확인하게 된다. 도라 브루더는 1942년 9월 18일 프랑스의 임시수용소 드랑시를 떠나 아우슈비츠로 이송된 유대인들의 명단 속에 포함되었다. 그러나 그녀의 출생지와 출생연도는 밝혀져 있지 않았다. 명단 속 그녀의 이름에 이어 에른스트 브루더라는 인물이 등장한다. 아마도 그녀의 아버지일 듯하다. 그리고 끝으로 세실 브루더. 루마니아 국적의 이 여자는 1943년 2월 11일 이송열차에 실려간 사람들의 명단 속에 포함되어 있다. "도라의 어머니일까?" 하고 모디아노는 자문한다.

1968년 등단 이후 줄기차게 2차대전중의 독일군 점령기 파리에서 일어났던 크고 작은 일들과 관련된 낡은 신문, 전화번호부, 심문조서 등을 수집하고 열람하면서 모디아노가 소설가로서의 소명으로 삼아온 것은 바로 "사라진 존재들을 망각으로부터 구해내는 일"이었다. 그러나 모디아노가 목표하는 바는 나치가 지

배하던 파리의 공포 속에서 사라진 인물들, 특히 유대인들의 자취를 밝혀내는 역사적 탐구라기보다는 망각 속으로 침몰하는 존재의 근원적 탐구, 나아가 유령처럼 어둠에 휩싸인 채 근거가 희박해져가는 삶에 어떤 실체, 혹은 정체성을 부여하려는 더 보편적인, 그러나 절망적인 노력의 차원에서 이해해야 옳을 것이다.

"갈색 운동화"를 신고 증발하듯 사라져버린 그 열다섯 살 소녀는 그후 어떻게 되었을까? 모디아노는 "도라 브루더에 대해 거의 아무것도 모른 채로" 여러 달을 두고두고 끊임없는 의문에 사로잡힌다. 후일 그는 『도라 브루더』에서 이렇게 술회한다. "그녀의 주위에는 온통 밤, 침묵, 망각, 무. 나는 도라 브루더의 어떤 흔적도, 아주 미미한 흔적조차도 다시 찾아내지 못할 것만 같았다. 그 무렵에 내가 빠져들었던 결핍 상태는 나를 부추겨 소설 한 편을 쓰게 했다." 그 소설이 『신혼여행』이다. 그는 근원적인 존재론에 가닿게 만드는 그 의문으로부터 두 편의 작품을 창조해낸다. 자신의 정신을 "지속적으로 도라 브루더에게 붙잡아두기 위한 방편으로" 쓴 첫번째 소설이 『신혼여행』이라면 그로부터 칠 년이 지난 1997년 마침내 그 소녀의 이름을 표제에 올린 정면 돌파의 작품이 『도라 브루더』다. 같은 실제 인물에서 태어난 이 두 작품은 그러므로 모디아노 소설의 세계에서 쌍을 이루면서 "사라진 존재"에 대한 두 가지 기억의 방식을 보여준다.

낡은 신문에서 사람 찾는 광고를 읽은 지 일 년 반이 지나, 우선 발표한 소설 『신혼여행』에서는 여주인공으로 등장하는 문제의 여자아이는 그 신원과 행적에서 약간 변화를 입는다. 후일 소설 『도라 브루더』에서 작가는 말한다. "그녀와 같은 나이인 소설의 여주인공에게 나는 잉그리드라는 이름을 지어주고 남자친구와 함께 자유지대로 피신하게 했다. 내 상상의 모델은 벨라 D., 그녀도 열다섯 나이에 파리를 떠나 불법으로 점령 분기선을 넘었다가 툴루즈에서 옥살이를 치렀다. 그리고 안나 B., 통행증 없이 손강 지역(동부의 점령 분기선 지역)의 기차역에서 체포되어 12주 감옥형을 받았을 때 그녀는 열여덟…… 1960년대에 그녀들이 내게 들려준 얘기다. 도라도 남자친구나 여자친구와 공모하여 오래전부터 도주를 준비했을까. 그녀가 파리에 남았는지 자유지대로 넘어가려 했는지 나는 궁금하다."

아우슈비츠 수용소로 이송되어 죽음을 맞은 도라 브루더와 달리 소설 『신혼여행』의 주인공 잉그리드는 가출 후 우연히 만난 남자 리고의 도움으로 '신혼여행'을 가장한 채 자유지대 남프랑스 쥐앙레팽으로 넘어가 목숨을 건진다. 그후 다시 남프랑스의 생트로페와 미국 체류를 거쳐 한때 파리로 돌아와 살다가 어느 여름날 밀라노의 한 호텔에서 자살한다. 작가는 그녀를 빈에서 태어난 유대인으로 묘사한다. 빈은 『강제수용자 추모명부』에 따르건대 에른스트 브루더의 출생지다. 소설의 마지막 장에서 여주인공이 오랜 세월 동안 소중하게 지갑 속에 간직하고 있다가 마지막으로 마주친 화자에게 유물처럼 꺼내 보이는, 신문광고 스크랩의 내용은 잉그리드의 생애의 결정적 전환점으로 작용하지만 1941년 〈파리 수아르〉에 실린 실제 광고 기사와 정확하게 동일한 형식을 갖추면서도 부분적으로 미세하게 수정되어 있다. 잉그리드의 나이는 한 살 더 불어났고—남자를 따라가 동거하기 시작하는 데 필요한 조건이었을 터이다—의복과 운동화의 색깔 정도가 달라졌다.

여름의 날들은 다시 돌아오겠지만 그 화요일 밀라노에서처럼 날씨가 그토록 무덥고 거리들이 그토록 텅 비는 일은 더이상 없을 것이다. 8월 15일 바로 다음날이었다. 가방을 수화물 보관소에 맡기고 역을 나서면서 나는 잠시 망설였다. 그렇게 햇볕이 쨍쨍 내리쬐는 가운데 시내로 걸어갈 수는 없는 일이었다. 오후 다섯시. 파리행 열차를 타려면 네 시간을 기다려야 했다. 쉬었다 갈 장소를 물색해야겠기에 걷다보니 역을 따라서 뻗은 대로 저 너머 수백 미터 지점에 그 웅장한 전면을 보고 점찍어두었던 어느 호텔에까지 발길이 이르렀다.(9쪽)

소설 『신혼여행』은 이렇게 햇볕이 무자비하게 쏟아지는 여름날 이탈리아의 밀라노에서 시작한다. 일인칭 화자 장 B.는 역 앞의 호텔 안 어둑한 바에서 음료수 잔을 앞에 놓고 파리로 돌아가는 기차의 출발 시간을 기다린다. 그는 문득 바맨이 옆자리 손님에게 건네는 이야기를 듣게 된다. 이틀 전 바로 그 호텔의 어느 객실에서 여자 투숙객 한 사람이 자살을 했다는 것이다.

> 프랑스 여자였다. 그녀는 8월에 무엇하러 밀라노에 왔던 걸까요? 그들은 마치 내가 자기들에게 대답해주기를 바라기나 하는 것처럼 내 쪽을 돌아보았다. 이윽고 바맨이 내게 불어로 말했다.
>
> "8월엔 여길 오면 안 돼요. 밀라노에서는 8월엔 모든 곳이 다 문을 닫는다고요."(10~11쪽)

8월에 모든 곳이 다 문을 닫는 도시가 어디 밀라노뿐인가? 기차 안에서 『신혼여행』을 읽기 시작하면서 나는 혼자 생각했다. 이미 사람들이 집과 상점의 셔터를 내리고 떠나버린 폭염 속 침묵의 파리 거리들을 등뒤에 두고 떠나온 나였다. 외국 관광객들마저도 길모퉁이 카페의 테라스에 주저앉아 박하주스 컵 속의 얼음이 녹아 툭 하고 내려앉는 소리에 나른하게 귀를 기울이고 있었다.

그런데 소설 속 장 B.는 밀라노역의 플랫폼에서 지방신문을 사서 읽다가 문제의 자살한 여자가 자신도 아는 인물이라는 사실을 발견하고 놀란다. 친구들이 카프리섬에서 그녀를 기다리고 있는데 그녀는 밀라노에서 혼자 생을 마감해버린 것이다. 장 B.는 상상해본다.

> 그녀는 아마도 파리에서 와서 지금 내가 와 있는 이 플랫폼에 도착했을 것인데 나는 닷새 상간으로 그 길을 반대로 거슬러가려 하고 있는 것이었다. (…) 그런 행동을 한 데는 아마도 내가 영원히 알지 못할 어떤 동기가 있었을 것이다.(14쪽)

그 여자는 닷새 저편의 거울 속에 비친 화자 자신의 사라져가는 환영일지도 모른다. 화자 장 B.는 추측해본다.

> 이 낯선 도시의 대로들, 공원들, 전차들, 그리고 우리를 더욱 소외시키는 더위, 이 모든 것이 내게는 그 여자의 자살과 잘 들어맞는 것 같다.(12~13쪽)

모디아노의 다른 소설들이 흔히 그렇듯 이 작품 역시 너무나도 소설적인 '우연의 일치'로 시작되어 마치 탐정소설과도 같은 정체성의 탐색을 시작한다. 그러나 정작 소설의 서술적 현재는 잉그리드가 한여름 밀라노의 호텔방에서 자살하고 장 B.가 그 사실을 우연히 알게 되는 그 시점으로부터 십팔 년 뒤로 성큼 물러나 있다. 여자의 자살 사건이 발생했던 당시 이십대 후반이었던 화자는 이미 자살 시점의 여자와 마찬가지로 사십대 중반, 즉 이 소설을 쓰던 무렵의 작가 모디아노 자신의 나이가 되었다.*

---

* 길이가 일정하지 않은 전체 아홉 개의 장으로 구성된 이 소설은 시간이 서술의 현재로부터 각기 가깝고 먼 과거의 기억으로 회귀하는 일이 빈번하여 시간의 앞뒤를 가늠하기가 쉽지 않다. 서술 속의 다양한 시간적 단서들을 종합하여 소설의 '행동'을 순차적으로 정리해보면 다음과 같다.

1. 1941년 겨울, 야간 통금의 두려움 속에 가출한 열여섯 살 여자아이 잉그리드(1926년생)가 개선문 근처의 찻집 '르 랑데부'에서 스물한 살의 청년 리고를 처음 만난다. 리고가 그녀를 자신의 집으로 데려가 보호하다가 자신의 집을 떠나 도레 시문 근처 술트 대로 20번지 아파트로 이동.

2. 1942년 봄, 두 사람은 코트다쥐르로 이동. 쥐앙레팽 프로방살 호텔에서의 '신혼여행'. 상황의 변화로 이웃 빌라로 이동.

3. 1965년 화자 '나'(장 B. 1945년생으로 당시 20세)는 빈에서 머물다가 기차로 생라파엘 도착, 길에서 리고와 잉그리드 부부의 차에 편승하며 그들을 처음 만나 며칠간 호의를 입는다.

4. 1968년 7월 말, 파리의 사관학교 근처의 길을 걷다가 나(23세)는 로벤달 대로의 아파트에서 혼자 살고 있는 잉그리드(당시 42세)와 우연히 마주친다. 두 사람은 근처의 식당에서 이야기를 나누고 그녀가 화자에게 자신의 전화번호와 옛 신문 스크랩을 건네준다.

5. 1971년 8월 중순, 밀라노의 호텔에서 잉그리드(45세) 자살. 화자는 기차에서

그는 그사이에 아시아로, 남아메리카로 지칠 줄 모르고 떠돌아다니는 탐험가가 되었다. 사랑하는 아내도 있고, 함께 고난을 같이해온 연구와 탐험의 친구들도 있다. 장 B.는 새로운 탐험차 리우데자네이루로 떠나기 위하여 파리 공항에서 아내와 친구들의 전송을 받는다. 그런데 그는 예정된 목적지로 향하는 비행기에 탑승하지 않았다. 대신 엉뚱한 방향인 밀라노행 항공기에 몸을 싣고 떠났다가 비밀리에 다시 파리로 돌아와 변두리 동네를 유령처럼 떠돌며 "이 세상에 존재한 적조차 없었던 것처럼" 자신의 자취를 없애려 하는 동시에 자살한 잉그리드의 자취를 더듬기 시작한다. 그는 리우데자네이루에서 기다리는 사람들과 파리 공항에서 그를 전송하던 아내와 친구들에게서 돌연 증발해버린 것이다. 카프리에서 기다리는 친구들을 버려둔 채 밀라노의 호텔에서 자살해버린 잉그리드처럼.

읽은 신문을 통해 그녀가 자신도 아는 여자, 즉 잉그리드임을 깨닫는다.

6. 1974년 어느 여름밤, 나(29세)는 리고의 전화번호로 통화를 시도하나 무응답.

7. 1989년 6월(서술의 현재, 잉그리드가 자살한 지 십팔 년 후) 예정된 리우데자네이루로 떠나지 않고 밀라노의 경유객이 된 나(44세)는 파리로 돌아와 도레 시문의 술트 대로변 '도드 호텔'과 옛 리고가 거처하던 아파트에 머물며 옛 기록들을 참조하며 잉그리드의 행적에 대해 추리한다.

사십대 — 삶으로부터의 증발

그는 왜 아내 아네트, 친구 카바노, 벤 스미단, 그리고 탐험가로서의 직업과 생활, 안락한 집과 습관…… 그 길들여진 모든 것을 버리고 돌연 증발하여 혼자 떠돌게 되었을까? 거기에도 역시 끝내 알지 못할 어떤 '동기'가 있을지 모른다. 이 소설은 밀라노에서 자살한 여자 잉그리드와 파리 공항에서 증발해버린 장 B.가 십팔 년간의 시간적 간격을 두고 서로서로를 거울처럼 비춰 보이는 구조로 서술된다. 장 B.가 파리 공항에서 리우로 떠나는 체하면서 실제 행선지를 밀라노로 선택한 것은 오직 두 도시로 비행기가 이륙하는 시간이 동일하다는 우연 때문이었다. 과연 그럴까? 어쨌든 십팔 년 세월을 사이에 둔 밀라노의 두 여름은 독자의 마음속에서 오랫동안 겹쳐지고 혼동된다. 아내와 친구들로부터 '증발'하여 밀라노 공항에 잠시 경유객으로 머물고 있는 화자 장 B.의 현재 나이는 십팔 년 전 같은 도시에서 자살할 때 잉그리드의 나이와 같다.

> 밀라노, 나는 지난주에 다시 그곳으로 돌아갔었지만 공항을 벗어나지 않았다. 십팔 년 전 같지는 않았다. 그렇다, 십팔 년. 나는 손가락으로 햇수를 꼽아보았다. (…) 비가 오고 있었다.

6월의 무거운 비였다. 한 시간이 채 안 되는 동안만 기다리면 나를 다시 파리로 데려다줄 비행기에 오를 수 있을 터였다.

나는 그곳을 경유하는 승객으로 밀라노 공항의 유리벽이 쳐진 큰 홀에 앉아 있었다. 십팔 년 전 그날을 생각했다. 그러자 그 모든 세월 이후 처음으로 바맨의 표현처럼 "생을 마감한" 그 여자가 정말로 내 머릿속을 꽉 채우기 시작했다.(15쪽)

한여름 침묵에 잠긴 대도시의 뙤약볕 속에서 사십대 중반을 넘어서는 사람들은 돌연 자살의 충동을 느끼는 것일까? 아니면 자살해버린 다른 사람이 돌연 "머릿속을 꽉 채운" 나머지 자신도 삶으로부터 증발해버리고 싶은 충동을 느끼는 것일까? 화자는 고백한다. "무엇보다도 도피의 욕구 때문이었다. 나는 그 어느 때보다도 더 치열한 도피의 욕구를 느꼈다. 나를 다시 파리로 싣고 가는 그 비행기 안에서 나는 원래 타야만 했던 리우행 비행기에 올랐을 경우보다도 더 멀리 도피하고 있다는 느낌을 받았다."이 소설 속에는 라이트모티프처럼 자신으로부터 멀리 도망가버리려는 도피의 유혹이 도사리고 있다. 그런데 진정한 도피, 혹은 도망은 자신의 현재로부터 멀리 떠나는 것이 아니라 자신의 내면 깊숙한 곳으로, 애초의 출발점으로 "돌아오는" 것, 즉 반성과 기억임을 소설은 말해준다.

과거와 현재의 겹쳐 찍힘과 반사

이와 관련하여 우리는 소설 속 도처에서 발견되는 우연의 일치들을 주목할 필요가 있다. 서로 시차를 두고 인물들이 이르게 되는 나이나 계절, 그들이 방문하거나 거주하게 되는 장소들이 "이중인화 현상"에 의해 놀라울 정도로 동일화되는 것이다. 사실 화자 자신이 그 점을 강조하고 있다. "벌써 오래전부터—그리고 이번에는 평소보다 더 강렬하게—여름은 내 마음속에 공허와 부재의 감각을 불러일으키고 나를 과거로 돌아가게 하는 계절이다. (···) 과거와 현재는 나의 머리에서 어떤 이중인화 현상으로 인하여 서로 뒤섞인다."

밀라노에서 자살할 때 잉그리드의 나이는 마흔다섯. 소설 속에 흩어진 여러 가지 단서들을 종합해보면 밀라노에서 '증발'해버릴 때 화자 장 B. 역시 비슷한 나이다. 잉그리드의 자살 시점과 화자의 서술이 이루어지는 현재 사이에 가로놓인 십팔 년은 바로 두 사람의 나이 차이다. 『신혼여행』을 발표한 시점인 1990년 작가 모디아노 자신 역시 마흔다섯 살이었다. 그러나 여기서 중요한 것은 마흔다섯이라는 나이 자체가 아니라 주인공 잉그리드와 화자 자신이 공유하는 어떤 존재의 보편적 조건일 것이다. 밀라노의 한 호텔방에서 잉그리드가 스스로 "생을 마감한" 시점인

1971년 여름으로부터 소설의 서술적 현재가 십팔 년이나 경과한 1989년으로 물러난 이유는 바로 거기에 있다고 할 수 있다. 즉 당시에는 어느 면에서 '남의 문제'에 불과했던 마흔다섯 살 여자의 자살이 십팔 년이 경과하여 그 여자와 같은 나이가 된 (어쩌면 인생의 같은 시기에 도달하여 반성이라는 감정이입의 거울 앞에 서게 된) 화자에게는 마치 자신의 문제, 즉 보편적 정체성의 문제, 나아가 존재의 기반을 무화시키는 '사라짐'의 유혹으로 다가오게 된 것이다. 장 B. 자신의 자발적 '증발'은 바로 이런 차원에서 이해된다. 화자의 다음과 같은 술회는 그 점을 뒷받침해준다. "나는 이제 더이상 도드 호텔의 내 방으로 돌아가지 말았으면 싶은, 따지고 보면 내 마음이 기울어져가는 방향이기도 한 그 비탈을 따라 미끄러져 내려가도록 나 자신을 버려두고 싶은, 다시 말해서 노숙자가 되어버리고 싶은 유혹을 느꼈다."

감정이입은 부정적인 면에서만이 아니라 용기와 보호의 손길을 건네주는 긍정적인 현상으로 작용할 때도 있다. 어느 날 술트 광장 모퉁이의 한 카페에서 옆 테이블에 앉아 있던 "스무 살이 많이 넘어 보이지 않는 어떤 젊은 여자와 남자"가 화자에게 미소를 지어 보인다. 그러자 화자는 곧 "그 나이 때" 아내 아네트와 자신도 "바로 그런 모습"이었을 것이라고 생각하면서 그들이 지닌 "정기와 싱싱한 그 무엇"에서 힘을 얻을 뿐만 아니라 한 걸음

더 나아가 그 젊은 남녀는 화자가 "생라파엘 가는 길에서 잉그리드와 리고를 처음 만났던 일을 되돌아보게" 만든다. 당시의 젊은 화자에게는 "모든 것이 다 가능해 보이고 삶에 아무런 거리낌이 없다고" 느껴졌었다. 그의 마음이 기울어져가는 비탈길은 노숙자가 되어버리고 싶은 유혹과는 반대되는, 보호의 손길로 안내한다. "그저 완만하게 경사진 길에 몸을 맡긴 채 손을 들기만 하면 자동차가 턱 하니 앞에 와 서고 사람들이 아무런 질문도 하지 않은 채 도움을 주는 것이었다. 그리하여 소나무 그늘 아래서 잠이 들었다가 깨어나면 옅은 청색의 두 눈이 가만히 내려다본다. 나는 잉그리드와 팔짱을 낀 채 성채의 길을 내려가면서 내 생애 처음으로 누군가의 보호를 받고 있다는 확신을 가졌다."(66쪽) 젊은 화자는 이렇게 잉그리드, 리고 부부와 짧은 한때의 행복한 '동반자'가 되었었다.

그러나 이 소설에서 거의 강박적으로 강조되고 있는 지배적 시공간은 모두가 문을 닫는 밀라노나 파리의 여름, 혹은 모든 풍경이 다 지워지고 앞뒤가 잘 분간되지 않는 눈 덮인 파리 외곽 지역의 겨울이다. 그 같은 환경은 삶의 모든 부차적 디테일들을 지워버리고 오직 근원적인 공허만을 남겨놓음으로써 존재론적 성찰에 적합한 조건을 형성하기 때문이다.

과거 현재의 "이중인화 현상"은 소설 속에서 시간적 차원 못지않게 공간적 차원에서도 반복적으로 나타나고 있어서 주목된다. 앞에서 보았듯이 십팔 년의 시차를 두고 중첩되는 밀라노의 여름이 그렇다. 또 오스트리아의 수도 빈은 에른스트와 딸 도라 브루더의 출생지인 동시에 그녀를 단역 무용수로서 처음이자 마지막으로 무대에 서게 만든 작품 〈빈 왈츠〉와도 관련이 있다. 남프랑스의 생라파엘이나 쥐앙레팽 역시 '시차를 둔 겹쳐짐'의 예를 보여준다. 스무 살 남짓한 때 화자 장 B.는 바로 빈에 가서 머물다가 기차를 타고 남프랑스로 돌아와 무일푼이 되어 히치하이크를 했고, 생라파엘역 앞에서 우연히 리고와 잉그리드의 자동차를 얻어 타게 되면서 그들과 처음으로 알게 되었었다. 이미 화자와 같은 나이 때 "스스로 알아서 살아가야 하는 신세"의 고아들이었던 그들 두 남녀는 독일 점령 시대 때 바로 남프랑스의 쥐앙레팽에서 "신혼여행"을 가장한 도피생활을 한 경험이 있었으므로 홀로 히치하이크를 하는 젊은 화자가 그들에게 언뜻 "젊은 시절의 추억을 되살려"주었던 것이다. 우연의 일치는 거기서 그치지 않는다. 스물한 살의 리고와 열여섯 살 잉그리드가 피신해 지냈던 쥐앙레팽은 화자 역시 리고의 나이였을 때 찾아간 적이 있다. "쥐앙레팽. 나 역시 오래전, 내가 스물한 살이었을 때의 여름, 거기에 있었다. 그러나 그때 나는 아직 잉그리드가, 그리고 리고가 거기서 살았었다는 것을 알지 못했다. 나는 그보다 일 년

전에 그들을 알게 되었고 또 그뒤 그들을 다시 만나지 못했으므로 그들을 잊어버렸다."(108쪽)

그러나 소설 속에서 가장 의미심장하게 '시차를 둔 겹쳐짐'의 현상을 드러내는 대목은 바로 밀라노에서 파리로 돌아온 화자가 몸을 숨기는 곳이 "외곽 순환도로 주변 동네"라는 점이다. 그곳은 그와 아네트가 열여덟 살 무렵에 살았던 동네다. 그는 고서적을 팔았고 아네트는 의상실 모델이었다. 그와 그의 친구들의 삶에서 "어떤 역할을 했던" 곳, 그곳에서 그들은 먼 나라들과 영원히 돌아오지 않을 탐험들에 대한 꿈을 꾸었었다. "그 장소들은 중심가의 소란에서 멀리 떨어진 피난처였고 모험과 미지의 세계를 향한 도약대였다. 어떤 광장을 건너지르거나 대로를 따라 걷기만 하면 파리가 내 등뒤에 있었다. 내가 그 모든 소실선들과 함께 도시의 가장자리에 와 있다고 느끼면 어떤 쾌감이 솟아나는 것이었다."(121쪽) 그러므로 이제 그가 젊은 날의 "출발점"으로 되돌아온 것은 사실 우연이 아닌 셈이다.

그 변두리 동네에서 그가 정한 도드 호텔 역시 젊은 날 그가 아네트와 묵곤 했던 호텔이다. 시차를 둔 과거와 현재의 일치를 보여주는 가장 대표적인 공간은 화자가 그 거리에서 임대한 아파트다. 어느 날 그는 전화부스에 비치된 옛날 파리의 전화번호부를 열람하다가 리고의 이름과 함께 표시된 주소 술트 대로 20번지, 그리고 그 주소의 전화번호 307-75-28을 발견하고 그 아파트를 찾아간다. 그 결과 "사막을 건너지르던 중 신기루에 홀렸던 이야기" 같은 일이 벌어진다. 1942년부터 리고를 알고 지냈다는 관리인에게서 "아직 살아 있는지조차 잘 모르"는 리고가 "어떤 여자"와 거처하다가 떠난 뒤 "빈 지 적어도 삼십 년은 되었을" 그 아파트를 임대하기에 이른다.

그는 십팔 년 전에 시작했다가 중단하고 만 일을 이곳에서 다시 시작한다. 잉그리드의 생애를 추적하여 그녀의 전기를 완성해보자는 것이다. 모디아노의 주인공들은 도처에서 전기를 쓴다. "산다는 것은 하나의 추억을 완성하기 위하여 집요하게 애쓰는 것이다"라는 시인 르네 샤르의 말을 제사로 붙이고 있는 작품은 『추억을 완성하기 위하여』였었다. 그 소설 속에서 화자는 단역배우였던 하리 드레셀의 생애를 추적하며 그 전기를 쓰려고 애쓴다. 그러나 언제나 그렇듯이 그 전기는 끝내 완성되지 못한다. 어떻게 보면 모디아노의 소설 하나하나는 바로 조각난 과거의 편린들을 한데 모아 하나의 통일된 전체로 만들어보려는 절망적인 노력, 그러나 매번 실패로 돌아가는 노력 그것인지도 모른다. '추억을 완성하려는 집요한 노력'이 삶이요 소설이라고 한다면 그런 전기 쓰기의 대상이 세상에 널리 알려진 유명 인사나 위인일 필요는 없다. 아니 위인이나 명사들의 전기는 많은 경우

외면적인 사실이나 껍질을 드러내 보여주는 허구이기 쉽다. 이름 없는 사람, 수많은 기억과 흔적들이 다 바스러져버려서 허다한 곳이 빈칸과 어둠으로 남아버린 퍼즐 같은 사람의 생애. 그렇다. 그냥 우리 각자의 삶, 그렇게 바스러져버린 것이기에 우리에게는 더욱 아쉽고 귀중하고 더욱 깊은 어둠이 되는 그 삶의 조각을 다시 거둬 맞춰보려는 것이다.

추억을 완성하려는 노력

그런데 우리가 모디아노의 소설 속에서 주목해야 할 것은 '추억을 완성하려는 노력'이 어둠 속에 가라앉아버린 과거의 기억이나 자취들을 의식의 빛 속으로 건져올리는 것 못지않게 그 빛의 바로 옆에 건너뛸 수 없을 만큼 깊어가는 어둠 또한 동시에 드러내 보이고 있다는 사실이다.

스무 살의 장 B.가 잉그리드를 처음 만났을 때 그 여자는 한쪽 다리가 불편한 남편 리고와 함께 생트로페 바닷가의 작은 방갈로에 살고 있었다. 그들과 며칠을 함께 지낸 뒤 장 B.는 파리로 떠나왔다. 그로부터 삼 년이 지난 후 파리 거리에서 장 B.는 리고를 떠나 혼자 살고 있는 잉그리드를 우연히 만났다. 그러고는 다시 연락이 끊어져버린 삼 년. 그 끝에 밀라노에서의 자살.

장 B.와 잉그리드가 서로 알기 이전, 잉그리드와 리고가 처음 만나게 되는 계기도 점차로 밝혀진다. 무용 공부를 하는 여학생 잉그리드는 열여섯 살이지만 성숙하여 스무 살쯤 먹어 보인다. 독일군이 막 파리를 점령한 1941년 11월 하순. 샤틀레 극장에서는 〈빈 왈츠〉 무용 공연이 있었고 잉그리드는 일생 처음으로 그 무대에 단역을 맡아 춤을 추고 나서 얻은 오십 프랑을 주머니에 지니고 집으로 돌아오는 길이었다. 지하철이 너무 붐볐으므로 집에서 먼 정거장에서 내려 걷기로 했다. "한 무리의 독일 군인들과 프랑스 경찰들이 마치 국경 초소에서처럼 바르베스 대로 초입에 버티고 있었다." 그런데 그녀의 집이 있는 파리 18구에서는 폭발 사건이 있어 일찌감치 통금령이 내리기로 되어 있었다. 그녀는 유대인이어서 의사인 아버지와 호텔방에서 숨어 지내듯 살고 있는 처지였다. 독일 점령 시대의 열여섯 살 난 유대인 소녀 잉그리드는 이리하여 집으로 돌아가기를 망설이다가 자신도 모르는 사이에 가출 소녀가 되어 '증발'해버린다. "야간 통금 속에 영원히 침몰하게 된 이 동네를 그녀는 등뒤로 남겨둔다. 그녀는 침몰하는 배에서 때맞춰 뛰어내린 것이나 마찬가지다."

이렇게 가출한 소녀는 통행금지 시간이 아직 좀더 연장되어 있는 이웃 구역의 어느 찻집에서 역시 혼자인 리고를 만나 그의 텅텅 비어가는 집에 들어가 살게 된다. 점령 시대 청춘의 모험은 이렇게 시작된다. 여기쯤에 이르면 우리는 비로소 화자인 장 B.가 추적하는 과거가 단순히 잉그리드의 그것만이 아니라는 것을 짐작할 수 있다. 잉그리드와 리고, 이 외톨이 젊은이들의 삶의 단초가 뿌리내리고 있는 저 점령 시대의 깊은 어둠—그 어둠이야말로 모디아노의 모든 소설들의 출발점이요 원천이 되고 있다. 그 뿌리로부터, 그 어둠으로부터 리고와 잉그리드의 생애가 솟아오르고 그들의 정처 없는 생애는 동시에 긴 세월의 시차를 두고 장 B.의 삶의 진상을 반사해 보여준다. 시간적 거리를 사이에 둔 채 남자인 장 B.의 삶과 여자인 잉그리드의 삶은 너무나 닮은 데가 많고 너무나 수다한 우연의 일치들을 노출시킨다.

> 여자아이를 찾습니다. 잉그리드 테르센. 16세. 키 1미터 60센티미터, 갸름한 얼굴, 회색 눈, 갈색 점퍼형 외투, 옅은 청색 풀오버, 베이지색 모자와 스커트, 검은색 운동화 착용. 모든 정보는 파리 오르나노 대로 39의 2번지 테르센 씨 앞으로 연락 바람.

증발한 잉그리드를 찾는 광고를 신문에 냈던 아버지는 그 광고로 인해 신분이 노출되어 연행되어 간 후 영영 돌아오지 않았다. 그로부터 삼십 년 후 잉그리드는 밀라노에서 자살한다.

십팔 년 후 증발한 장 B.는 생각한다. "지금부터 몇 주일 후면 어떤 신문에 장 B.의 실종을 알리는 작은 기사가 날 게 분명하다. 아네트는 내가 시킨 대로 따를 것이고, 내가 마지막 브라질 여행 중 어디론가 종적을 감추었다고 그들이 믿도록 만들 것이다. 시간이 흐르면 나는 포셋과 모프레에 이어 실종된 탐험가들의 명단에 오를 것이다. 어느 누구도 내가 파리의 시문 근처에 처박혀 있다는 것을, 그리고 그것이 바로 내 여행의 목적이라는 것을 알아차리지 못할 것이다."

삶이 광란하는 순간

여러 날에 걸친, 그리고 동유럽 여러 나라의 국경을 넘나드는 여행중에 나는 모디아노의 『신혼여행』을 여러 번 펼쳐놓고 읽다가는 중단하고 다시 이어 읽다가는 또 중단했다. 이리하여 내 머릿속에는 빈의 보행자 전용도로의 산책, 부다페스트의 뜨거운 뵈뢰슈머르치 광장, 프라하의 스타로메스트스카 지하철역, 베네치아나 베로나의 찌는 듯한 하오, 양평의 국도변, 그 뻘건 흙속에 묻은 옛친구, 그리고 소설 속의 파리 12구 도레 시문 구역, 혹은 밀라노의 역, 모든 현실과 허구의 장소들이 뒤죽박죽으로 겹쳐지고 있었다. 하기야 모디아노가 소설 속에서 강조하는 것도 바로 시차를 뛰어넘는 공간의 겹쳐짐이었다. 그 이상한 중첩 현상은 소설을 읽는 동안 줄곧 계속되었다. 기차가 체코슬로바키아의 마리안스케 라즈네를 지날 무렵 나는 책을 다 읽었다. 차창 밖에는 불볕이 쏟아지고 있었다. 사십대 후반이 되면 왜 사람들은 증발하는 것일까?

"상황과 배경이야 아무러면 어떠랴. 어느 날 그 공허와 회한의 감정이 그대를 휩싼다. 그러고 나서 썰물처럼 빠져나가서 사라져버린다. 그러나 그것은 결국 힘이 더 세져서 되돌아오고야 마는데 그녀는 그것을 떨쳐버릴 수가 없었다. 나도 마찬가지다."

모디아노의 마지막 대답이었다. 불볕 속에 찾아드는 공허.

뜨거운 한여름 대낮엔 가끔 눈앞이 아찔해지며 돌연 과거와 현재가 너무나 밝은 빛으로 인해 흐릿하게 바랜 채 중첩되면서 삶이 광란하는 소설로 변하는 순간이 있다. 모디아노는 그런 아찔한 광기의 순간에 우리를 기다리고 있다.

*

사십대 후반에 처음 읽었던 이 소설의 매혹, 특히 자신의 도시로 돌아와 그 변두리로 증발하는 사십대 사내의 매혹을 잊지 못해 벼르기만 하다가 삼십 년이 훌쩍 지난 지금에야 겨우 번역하여 독자들에게 소개한다. 1997년 모디아노가 『도라 브루더』를 발표하자 즉시 그 책을 문학동네에서 번역 소개한 것이 벌써 이십 년 전이다. 2014년에는 모디아노가 노벨문학상을 받았다. 또한 2014년 말, 저자의 대표작으로 손꼽히는 『도라 브루더』와 그 여주인공을 기리기 위하여 파리 시장 안 이달고는 가출한 도라 브루더가 헤매고 다녔을 거리, 즉 파리 18구의 오르나노 대로에서 멀지 않은 벨리아르 길과 라이프니츠 길 사이의 길을 '도라 브루더 산책로'로 명명할 것을 제안하였고 이듬해 6월 1일 소설가가 참석한 가운데 그 길의 명명식이 거행되었다. 그 모든 일들이 있은 뒤에 지각으로 도착한 여자아이 무용수 잉그리드를, 독자들이여, 애틋하게 여기며 사랑해주기 바란다.

이 소설의 번역에 있어서 문학동네 편집부 김미혜님의 지혜롭고 세심한 충고와 도움이 컸음을 밝히고 감사드린다.

2017년 가을

김화영

파트릭 모디아노 연보

1945년 7월 30일 불로뉴비양쿠르에서 이탈리아계 유대인 혈통의 사업가 아버지 알베르 모디아노와 벨기에 영화배우인 어머니 루이자 콜페인(본명은 루이자 콜핀) 사이에서 태어남. 부모는 점령기 파리에서 만나 신분을 감춘 상태에서 함께 살았다. 무역업에 종사했다는 것 외에는 정확하게 알려진 것이 없는 아버지는 불확실한 신분 상태로 대부분 부재 상태였고 어머니 역시 순회공연으로 집을 비우는 일이 많아서 모디아노는 어린 시절의 상당 부분을 여러 기숙학교에서 보냈다.

1947년 남동생 뤼디 태어남.

1956년 파리 공립학교에서 파리 근교 주이앙조자스의 몽셀 기숙학교로 전학.

1957년 남동생 뤼디가 혈액 관련 병으로 세상을 떠남. 뤼디를 무척 아꼈던 그는 1967년에서 1982년 사이에 발표한 초기 작품들을 뤼디에게 헌정한다. 동생의 죽음은 그의 어린 시절의 종말을 의미했으며 그는 이 시절에 대하여 간절한 향수를 지니게 된다.

1960년 오트사부아 산악지대의 생조제프 중고등학교에 입학. 열다섯 살에 어머니의 친구이며 『지하철 안의 자지*Zazie dans le métro*』의 작가로 유명한 소설가 레몽 크노를 기하학 개인교사로 모시게 되면서 크노를 통해 문학의 세계에 눈을 뜨게 된다. 크노와의 만남은 결정적이었다. 그를 통해서 그는 갈리마르 출판사의 칵테일파티에도 참석하여 문단의 저명인사들을 만난다.

1962년 6월 안시에서 한 해 먼저 대학입학자격시험을 치른다. 9월 파리로 돌아와 앙리4세 고등학교 입학. 불과 몇백 미터 거리에 사는 부모와 떨어져 또다시 기숙사 생활을 시작하지만, 몇 달 후 기숙사를 나와 더이상 공부를 계속하지 않고 문학에 열정을 바치기로 결심.

1967년 첫 소설 『에투알 광장*La place de l'Étoile*』을 완성하여 레몽 크노에게 원고 검토를 부탁함.

1968년 크노의 주선으로 『에투알 광장』이 갈리마르 출판사에서 출간되어 로제 니미에 상과 페네옹상을 수상함. 이후 오로지 작가로서 글쓰기에만 전념함.

1969년 『야간순찰*La ronde de nuit*』 출간.

1970년 9월 12일, 도미니크 제르퓌스와 결혼. "우리 결혼식 날에 대한 참담한 기억이 남아 있다. 그날 비가 왔다. 정말 악몽이었다. 우리 결혼식의 증인은 청소년 시절부터 파트릭의 후원자였던 레몽 크노와 우리 아버지의 친구인 앙드레 말로가 서주었다. 그들은 뒤뷔페에 대하여 논쟁을 하기 시작해 우리는 거기서 마치 테니스 경기를 구경하는 관람객 꼴이 되었다.

그 장면을 찍은 사진이라도 있었으면 재미있었을 터인데 사진기를 가지고 온 단 한 사람은 그만 그 안에 필름 넣는 것을 잊어버렸다. 그래서 우리에게 남은 것은 우산을 쓴 채 등을 돌리고 있는 단 한 장의 사진뿐이다." (도미니크 제르퓌스, 2003년 10월 6일 〈엘르〉와의 인터뷰)

1972년 『외곽 순환도로*Les boulevards de ceinture*』를 발표하여 아카데미 프랑세즈 소설 대상을 수상함.

1973년 영화 〈라콩브 뤼시앵*Lacombe Lucien*〉의 시나리오를 씀.

1974년 〈라콩브 뤼시앵〉이 루이 말의 연출로 완성되어 상영됨. 2차 대전을 배경으로 항독운동에 가담하려고 시도했다가 도리어 친독 의용대 활동을 하게 된 청년의 이야기로, 등장인물의 행동에 정당성이 없다는 이유로 논쟁을 불러일으킴. 맏딸 지나 태어남. 아버지의 재능을 물려받은 딸은 후일 영화 연출 및 시나리오와 동화 등을 집필.

1975년 『슬픈 빌라*Villa triste*』 출간. 이듬해 리브레리상 수상.

1977년 『추억을 완성하기 위하여*Livret de famille*』 출간.

1978년 『어두운 상점들의 거리*Rue des boutiques obscures*』로 공쿠르상 수상. 둘째 딸 마리 태어남.

1981년 『청춘 시절*Une jeunesse*』 『메모리 레인*Memory Lane*』(피에르 르탕 삽화) 출간.

1982년 『그토록 순수한 녀석들*De si braves garçons*』 출간.

1983년 『청춘 시절』이 모셰 미즈라히의 연출로 동명의 영화로 제작, 상영됨.

1984년 발표한 전 작품으로 모나코 피에르 대공 문학상 수상.

1985년 『잃어버린 거리*Quartier perdu*』 출간.

1986년 『팔월의 일요일들*Dimanches d'août*』 출간.

1988년 『발레 소녀 카트린*Catherine Certitude*』(장자크 상페 삽화), 『감형*Remise de peine*』 출간.

1989년 『어린 시절의 탈의실*Vestiaire de l'enfance*』 출간.

1990년 『신혼여행*Voyage de noces*』 출간.

1991년 『폐허의 꽃들*Fleurs de ruine*』 출간.

1992년 『서커스가 지나간다*Un cirque passe*』 출간.

1993년 『고약한 봄*Chien de printemps*』 출간.

1995년 『슬픈 빌라』를 개작하여 파트리스 르콩트가 연출한 영화 〈이본의 향기*Le parfum d'Yvonne*〉와 그가 시나리오를 쓰고 파스칼 오비에가 연출한 영화 〈가스코뉴의 아들*Le fils de Gascogne*〉이 상영됨.

1996년 『아득한 기억의 저편*Du plus loin de l'oubli*』 출간.
레지옹 도뇌르 '슈발리에' 훈장 수훈.

1997년 『도라 브루더*Dora Bruder*』 출간.

1999년 『신원 미상 여자*Des inconnues*』 출간.

2000년 발표한 전 작품으로 폴모랑 문학 대상 수상.

2001년 『작은 보석*La petite bijou*』 출간. 『팔월의 일요일들』을 각색해 마뉘엘 푸아리에가 연출한 영화 〈테 키에로*Te quiero*〉 개봉.

2003년 『한밤의 사고*Accident nocturne*』 출간. 모디아노가 시나리

오를 쓰고 장폴 라프노가 연출한 영화 〈여행 잘하세요*Bon voyage*〉 개봉.

2005년 『혈통*Un pedigree*』 출간.

2006년 『그토록 순수한 녀석들』을 각색해 미카엘 에르스가 연출한 영화 〈샤렐*Charell*〉 개봉.

2007년 『잃어버린 젊음의 카페에서*Dans le café de la jeunesse perdue*』 출간.

2010년 『지평*L'horizon*』 출간.

2012년 『밤의 풀*L'herbe des nuits*』 출간.

2014년 『네가 길을 잃어버리지 않게*Pour que tu ne te perdes pas dans le quartier*』 출간.
노벨문학상 수상.
레지옹 도뇌르 '오피시에' 훈장 수훈.

지은이 **파트릭 모디아노**
1945년 프랑스 불로뉴비양쿠르에서 태어났다. 열여덟 살 때부터 소설을 쓰기 시작해 『외곽 순환도로』로 아카데미 프랑세즈 소설 대상을, 『어두운 상점들의 거리』로 공쿠르상을 수상하는 등 프랑스 현대문학이 낳은 가장 탁월한 작가 중 하나로 평가받고 있다. 2014년 노벨문학상을 수상했다.

옮긴이 **김화영**
서울대 불문학과를 졸업하고 동 대학원에서 석사, 프랑스 엑상프로방스 대학에서 알베르 카뮈론으로 문학박사 학위를 받았다. 삼십여 년간 고려대 불문학과 교수를 지냈고 현재 같은 대학 명예교수로 있다. 지은 책으로는 『바람을 담는 집』 『시간의 파도로 지은 城』 『문학 상상력의 연구』 『소설의 숲에서 길을 묻다』 『발자크와 플로베르』 『행복의 충격』 『한국 문학의 사생활』 『여름의 묘약』 『김화영의 번역수첩』 등이 있고, 알베르 카뮈 전집(전20권), 『다다를 수 없는 나라』 『어린 왕자』 『섬』 『마담 보바리』 『방드르디, 태평양의 끝』 그리고 모디아노의 『어두운 상점들의 거리』 『추억을 완성하기 위하여』 『청춘 시절』 『팔월의 일요일들』 등을 우리말로 옮겼다.

문학동네 세계문학
신혼여행

초판 인쇄 2017년 9월 27일 | 초판 발행 2017년 10월 17일

지은이 파트릭 모디아노 | 옮긴이 김화영 | 펴낸이 염현숙

책임편집 김미혜 | 편집 오동규
디자인 고은이 최미영 | 저작권 한문숙 김지영
마케팅 방미연 정진아 김혜연 | 홍보 김희숙 김상만 이천희
제작 강신은 김동욱 임현식 | 제작처 한영문화사(인쇄) 경일제책사(제본)

펴낸곳 (주)문학동네
출판등록 1993년 10월 22일 제406-2003-000045호
주소 10881 경기도 파주시 회동길 210
전자우편 editor@munhak.com | 대표전화 031) 955-8888 | 팩스 031) 955-8855
문의전화 031) 955-8896(마케팅) 031) 955-8860(편집)
문학동네카페 http://cafe.naver.com/mhdn | 트위터 @munhakdongne

ISBN 978-89-546-4861-5 03860

www.munhak.com

우리가 서로를 기억하지 않는다면
사는 것이 무슨 소용일까.

2014 노벨문학상 수상 작가
파트릭 모디아노의 대표 걸작

어두운 상점들의 거리 김화영 옮김

"나는 아무것도 아니다."

1978년 공쿠르상을 수상한 파트릭 모디아노의 대표작. 기억상실증에 걸린 한 퇴역 탐정이 자신의 과거를 추적하는 여정을 그린 소설이다. 소멸한 과거와 잃어버린 삶의 흔적, 악몽 속에서 잊어버린 대전(大戰)의 경험을 주제로, 프루스트가 말한 존재의 근원으로서의 '잃어버린 시간'을 특유의 신비하고 몽상적인 언어로 탐색해냈다.

지평 권수연 옮김

"모든 첫 만남은 상처다."

그녀는 죽었을까, 살아 있을까? 기억의 지평 너머로 사라진 옛사랑을 찾아 헤매는 소설가 장 보스망스의 이야기. 사십여 년의 시간을 거슬러 파리 곳곳의 자취를 더듬어가는 그 여정의 끝에서 보스망스는 과연 그녀와 해후할 수 있을까?

잃어버린 젊음의 카페에서 김윤진 옮김

"오직 도망치는 순간에만 온전히 나 자신이었다."

어느 날 '진정한 삶'을 찾아 나선 한 여인. 과거의 악몽들과 단절되어 살 수 있는 곳을 찾아 표류하다 '잃어버린 젊음'이라 불리는 카페 '르 콩데'에 좌초한다. 속절없이 소멸되는 관계를 거부하는 여자 '루키', 그녀를 기억하는 세 남자가 파리 구석구석 흩어진 그녀의 발자취를 더듬어간다. 세 남자의 목소리를 통해 드러나는, 각기 다른 공간 속 한 여인의 윤곽.